KB266969

교 과 서 수 록 작 품 톺아보기

성격 있는 국어 수업

교과서 수록 작품 톺아보기

성격 있는 국어 수업 현대시

초판 1쇄 발행 2026년 3월 6일

지은이 이현실, 남상욱

그린이 애슝

펴낸이 홍보람

편집부장 이정은 | **편집** 이경희 | **외주 디자인** 문성일

마케팅 신태섭, 조영행 | **관리** 이은경, 박두레, 정원경, 김정선

펴낸곳 도서출판 풀빛 | **등록** 1979년 3월 6일 제2021-000055호

주소 07547 서울특별시 강서구 양천로 583 우림블루나인 A동 21층 2110호

전화 02-363-5995(영업), 02-364-0844(편집) | **팩스** 070-4275-0445

홈페이지 www.pulbit.co.kr | **전자우편** inmun@pulbit.co.kr

ⓒ 이현실, 남상욱, 2026

ISBN 979-11-94636-79-3 43800

성격 있는 국어 수업

현 대 시

이현실 · 남상욱 글 | 애슝 그림

풀빛

성격 있는 국어 수업 현대시를 펴내며

'시'의 원류를 가르칠 때는 가장 먼저 분위기를 만들어야 합니다.

어두운 동굴 속 붉게 타들어 가는 모닥불 주위에 우리 조상들이 둘러앉아 있어. 밤은 길고, 배는 고파. 오늘 사냥은 허탕이었거든. 그때 누군가 누워서 타들어 가는 장작 리듬에 맞춰 나뭇가지로 땅을 탁탁 치며 노래를 하는 거지. "오, 오, 제발 내일은 참새 한 마리." 그러면 그 옆의 친구가 고작 참새 한 마리만 먹을 거냐고 더 큰 소원을 비는 거지. "오, 오, 제발 내일은 토끼 두 마리." "오, 오 제발……." 그렇게 동굴 속은 사냥의 성공을 기원하는 '오, 오 제발'이라는 노래가 울려 퍼지고 조상들은 모닥불을 둘러싸고 춤을 추지. 이를 종합예술이라고 하고, 이때 부른 노래 가사를 우리는 '시'라고 한단다.

이렇게 아이들은 '시'란 인류와 절대 떨어질래야 떨어질 수 없는 DNA에 새겨진 문학의 기원이라는 걸 알게 되지요. 그런데도 아이들이 시험에서는 가장 많이 틀리고 어려워하는 장르가 '시'입니다. 일상의 감정을 담은 '시'가 왜 우리 청소년들에게는 이토록 난해한 암호처럼 느껴지는 걸까요? 특히 교과서에 없는 시가 시험 문제로 나오면 공포 속에 '찍기'를 하고 다음 문제로 넘어가기 일쑤입니다. 어디 그뿐인가요? 시를 써 보라고 하면 새하얀 종이만 바라보는 친구들이 많아요. '시'란 자신의 삶과 동떨어진 생소한 거라고 선을 긋기 때문이에요. '시'는 인류가 제 마음과 염원, 생각을 가장 쉽고 간편하게 담은 표현 장르 중 하나인데 말이죠.

시를 대하는 아이들 마음에 장벽을 낮출 수 있도록 대치동과 목동이라는 교육 최전선에서 30년 가까이 아이들을 지도한 노하우를 이 책에 담았습니다. 2022 개정 교육과정에 따라 새롭게 집필된 교과서 10종에서 수록 빈도가 높거나 수능 및 모의고사에서 비중 있게 다뤄지는 필수 작가들의 작품을 배치하여 학습의 효율성을 극대화했습니다.

특히 시를 어려워하는 아이들을 위해 '시 속 화자'를 깊이 이해할 수 있도록 구성했습니다. 시를 분석하기 전에 화자를 소개받는다고 생각하세요. 모든 시에는 각기 다른 '성격'을 가진 화자가 존재합니다. 시 속 화자는 시인의 가장 뜨거운 진심이 투영된 존재입니다. 이 책 제목이《성격 있는 국어 수업》인 이유도 여기에 있습니다. 친구의 MBTI를 궁금해하듯 화자를 대한다면 어느새 그토록 어려웠던 시는 여러분 친구가 건네는 이야기처럼 느껴질 거예요.

시는 정답을 맞히는 공부가 아닙니다. 여러분의 내면을 깊게 비추는 거울이자 사고력을 무한히 키우는 최고의 훈련장입니다. 이러한 능동적인 독서가 습관이 될 때, 여러분의 국어 실력은 비약적으로 도약할 것입니다.

2026년 3월
이현실, 남상욱

차례

1장

나는 나로 살아남는 중!

한 마디로
정의할 수 없는
내 마음

나는 오늘

오은

나는 오늘 토마토

앞으로 걸어도 나

뒤로 걸어도 나

꽉 차 있었다

나는 오늘 나무

햇빛이 내 위로 쏟아졌다

바람에 몸을 맡기고 있었다

위로 옆으로

사방으로 자라고 있었다

나는 오늘 유리

금이 간 채로 울었다

거짓말처럼 눈물이 고였다

진짜 같은 얼룩이 생겼다

• 오은, 〈나는 오늘〉 중에서

　오은의 〈나는 오늘〉은 평범한 하루를 보내며 느꼈던 감정을 여러 사물에 빗대어 자신의 마음을 돌아보는 시예요. 타인에게 상처받아 얼룩진 마음, 종잡을 수 없어 먹먹해진 마음, 쉬고 싶은 마음, 잘못한 일이 떠올라 괴로운 마음 같은 것들을요. 화자는 다채로운 상황 속 자신이 느꼈던 감정을 나무, 유리, 구름, 종이, 일요일, 그림자, 공기 등 다양한 소재에 빗대어서 말해요.

　무엇보다 그런 자신을 긍정하는 태도 때문에 시를 읽다 보면 입꼬리가 올라가요. 시의 첫 구절이 앞으로 걷든 뒤로 걷든, 그 모두가 자신이라고 고백해요. 이처럼 화자는 자존감이 높은 사람이에요. 씩씩한 나, 상처 입은 나, 막막한 나, 부끄러운 나, 너무 좋아서 발개지는 그 모든 게 나인 걸 인정하고, 그런 자신을 사랑하는 사람이에요.

　작가는 이 시에서 이름은 하나지만 다양한 역할을 수행해야 하는 우리들이 겪는 다양한 감정을 담고 싶었다고 해요. 그 역할을 제대로 해내지 못해 하루 동안 자신이 미울 때도 있고, 도전 앞에 자신이 없어서 움츠러들기도 하고, 나약함을 들켜 창피할 때도 있고, 슬프기도 하고요. 그래도 오늘은 미래로 향해 나아가는 과정이고, 지금까지의 결과이므로 오늘 나는 어떤 존재였는지, 어떤 마음이 들었는지, 그 과정에서 어떻게 성장하는지를 이 시로 표현하고 싶었다고 해요.

이 시를 읽으며 오늘 하루 자신의 모습과 마음을 돌아봤다면 시인의 의도가 통한 거예요. 평범한 하루처럼 보여도 그 속의 '나'는 다양한 상황을 겪으며 롤러코스터를 탄 것처럼 감정 기복이 클 수도 있죠. 하지만 그 속에서도 성장하는 자신을 따뜻하게 응원하는 시가 바로 〈나는 오늘〉이에요.

나를 만드는 오늘, 내일을 만드는 오늘, 그 속의 나

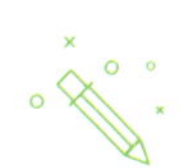

이 시는 감정이라는 거울에 자신을 비추며 하루를 살아 낸 화자의 내면을 섬세하게 담아내요. 하루에도 수십 번씩 출렁이는 감정이나 상황에 대처하는 자신의 모습을 들여다보죠. 시를 읽다

보면 화자가 자신의 감정을 얼마나 섬세하게 들여다보는지 알수 있답니다. 이런 성향은 MBTI 성격 유형 중 INFP와 가장 가까워요.

화자는 섬세한 사람으로 보여요. 나무처럼 무럭무럭 자라는 자신을 긍정하고 자랑스럽게 여기기도 하고, 유리처럼 예민한 날에는 마음에 금이 가자 새 마음으로 갈아 끼울 생각도 못 한 채 울만큼 여린 사람이에요. 그럼에도 화자의 가장 큰 장점은 그런 자신을 회피하지 않고 있는 그대로 들여다봐요. 간혹 우리는 자신의 마음조차 제대로 들여다보지 않은 채 애꿎은 사람에게 화풀이하기도 하고, 먹먹한 감정에 사로잡혀 주변을 돌아보지 못하기도 하잖아요. 그런데 화자는 자신의 불안정한 모습을 있는 그대로 인정하고 바라봐요. 그 모습이 우리와 비슷해 화자에게 공감하게 되죠.

뭐가 됐든
감성 충만한 INFP형 화자

MBTI 유형	유형별 특징	작품 속 표현
I 내향형	자신의 상처, 아픔, 고민을 타인과 상담하지 않고 혼자서 감내함.	"나는 오늘 유리 / 금이 간 채로 울었다"
N 직관형	자신을 상징적인 사물들에 빗대어 표현함. 구체적인 현실보다 화자가 느끼는 감정, 그 감정 속 의미, 분위기에 집중해서 표현.	"토마토", "구름", "종이" "나는 오늘 종이 / 무엇을 써야 할지 종잡을 수 없었다"
F 감정형	자신의 감정을 주변 사물에 빗대어 섬세하게 표현함. 공감과 정서를 중요시해서 자신과 주변 사람들에게 도움이 되고 싶어 함.	"나는 오늘 그림자 / 내가 나를 끈질기게 따라다녔다" "나는 오늘 공기 / (줄임) / 아무도 모르게 / 너를 살아 있게 해 주고 싶었다"
P 인식형	그날그날 떠오르는 감정에 따라 자신을 받아들이는 태도. 명확한 결론 없이 감정의 흐름을 나열하고 있음.	"나는 오늘 구름 / (줄임) / 내 기분에 취해 떠다닐 수 있었다" "나는 오늘 일요일 / 내일이 오지 않기를 바랐다"

이 시의 화자는 일상의 분주함 속에 놓치기 쉬운 자기 자신을 섬세하게 관찰해요. 사실 그건 쉬운 일은 아니에요. 우리는 시간

에 쫓기고 일정에 쫓겨 정신없는 하루를 보내잖아요. 하지만 화자는 그 하루 속에서 자신의 감정뿐만 아니라 타인과의 관계도 돌아봐요. 마음에 드는 모습도 있지만 불안하고 부족하고 숨기고 싶은 모습도 있어요. 물론 오늘의 '나'가 완벽하면 좋겠지만 서툴고 부족해도 괜찮아요. 그런 내 모습이 나를 성장시키니까요. 이렇게 나는 매일 달라지지만, 또한 그 모든 게 '나'라는 깊은 깨달음을 얻죠.

어휘 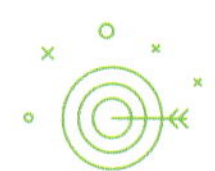

〈나는 오늘〉에서는 '나는 ○○○'이라는 표현이 반복돼요. "토마토", "유리", "종이" 같은 일상 속 사물들에 자신을 빗대어서 현재의 상황이나 마음을 상징적으로 보여 줘요.

토마토	속이 꽉 차 앞으로, 뒤로 읽어도 동일한 화자의 마음
나무	세상 모든 것과 함께 성장하는 화자의 마음

유리	마음에 금이 가거나 얼룩이 생기기도 하는 화자의 마음
종이	무엇을 해야 할지 막막할 때도 있고 텅 비어 있는 화자의 마음, 하지만 무엇이든 쓸 수 있는 가능성의 마음
일요일	내내 쉬고만 싶은 화자의 마음
그림자	끈질기게 쫓아다니는 잘못에 대해 반성하는 화자의 마음
공기	좋아하는 '너'를 살게 하는 존재가 되고 싶은 화자의 마음 항상 존재하는 일상성의 마음

> **"**
> **시험에서 자주 출제될 만한 중요한 표현 방식과 문학 개념을 정리해 볼까요? 이를 익히면 다른 시를 이해할 때도 도움이 됩니다.**
> **"**

시상의 전개

각 연에 등장하는 대상의 속성과 그와 관련해서 화자의 마음 상태가 어떤지에 따라 시상이 전개돼요. '시상'이란 시에 드러난 생각이나 감정을 말해요. 그래서 이 시를 읽을 때는 시상과 관련해 화자의 감정이나 태도를 파악할 수 있어야 해요. 그림자처럼 따라다니는 화자가 실수나 후회를 곱씹고, 고민하죠. 이처럼 자신의 마음을 상징적인 소재로 생동감 있게 전달했다는 게 가장 큰 특징이랍니다.

수미상관

1연의 첫 행 시구와 마지막 연의 첫 행 시구가 반복된 '수미상관'법이 쓰였어요. 수미상관법은 시의 처음과 끝이 같아서 주제를 강조하고 구조적으로 통일감을 주고, 운율도 만들어 줘요.

은유와 반복

이 시에서 가장 눈에 띄는 표현 기법은 은유법과 반복법이에요. '나는 오늘 ○○○'으로 보조관념 '○○○'에 빗대어, 보이지 않는 마음을 구체적으로 표현해요. 연마다 빗대는 대상이 바뀌어서 매일 달라지는 화자의 마음을 재미있게 표현해요. 또한 '나는 오늘 ○○○'이 반복돼 작품 전체에 통일감을 주고, 구조적으로 안정감을 느끼게 하며 운율을 만들어요. 각 연의 마지막 행을 종결어미 '-다'로 끝내 '각운'이 쓰였어요. 이 때문에 리듬이 생기고 시에 통일성이 만들어졌어요.

문학과 소통하는 방법

마지막으로 이 시를 이해하는 방법, 즉 문학과 소통하는 방법을 알아야 해요. 문학과 소통하는 방법은 크게 내재적 관점과 외재적 관점으로 나누어요. 작품 그 자체로만 이해하는 걸 '내재적 관점', 즉 '절대적 관점'이라고 해요. 반면에 작품 바깥에 있는 작가의 상황이나 입장, 시대적 상황, 독자와의 상황과 연결해서 이해하는 걸 '외재적 관점'이라고 하죠. 외재적 관점에는 표현론적 관점, 효용론적 관점, 반영론적 관점이 있어요. 작가와의 인터뷰를 바탕으로 작가의 성향, 경험, 가치관을 반영해 시의 맥락을 이해할 수 있어요. 이걸 '표현론적 관점'이라고 해요. 또 작품을 감상하는 독자의 입장에서 자신의 취향이나 경험과 연결지어서 감상하는 것을 '효용론적 관점'이라고 합니다. 마지막으로 그 당시의 시대적 배경이나 문화, 역사적 사건 등으로 바탕으로 시를 해석하는 건 '반영론적 관점'이라고 해요.

시를 이해할 때 하나의 관점으로 이해하기보다 통합적으로 다양하게 이해하면 시를 깊게 이해할 수 있어요. 이 시의 경우 효용론적 관점이나 절대론적 관점에서 이해한 문제가 종종 출제돼요.

함께 읽으면 좋은 작품
· 남기숙, 《그림책, 사춘기 마음을 부탁해》, 상도북스, 2024
· 범유진, 《도서관 문이 열리면》, 푸른숲주니어, 2025
· 오은, 《마음의 일》, 창비교육, 2020

1　"나는 오늘 ○○이었다"의 형식으로 자신의 감정을 사물이나 자연에 빗대어 표현해 보세요. 자기 감정을 표현하는 능력과 추상적인 감정을 구체적인 이미지로 바꾸는 표현력을 기를 수 있어요.

2　친구들과 서로 자신의 마음을 빗대어 표현한 시를 써 보고 이야기를 나누어 보거나, "주변의 사물이 어떤 감정을 담고 있을까?"를 이야기해 보세요. 또한 그들이 어떤 관계를 맺고 있는지 이야기를 만들어 보아요. 이를 바탕으로 관계 속에서 느꼈던 감정을 이해하고 이를 표현하는 방법을 자연스럽게 배울 수 있답니다.

3　심리상담사, 예술치료사, 콘텐츠 작가, 교육 전문가 등을 꿈꾼다면 친구들과 이 시를 읽고 화자의 감정을 상담 상황으로 바꾸어 이야기 나눠 보세요.

지금 그대로의
너도 괜찮아

나무의 꿈

손택수

자라면 뭐가 되고 싶니

의자가 되고 싶니

누군가의 책상이 되고 싶니

밟으면 삐걱 소리가 나는 계단도 있겠지

(줄임)

어쩌면 그 무엇도 되지 못하고

아궁이 속 장작으로 눈을 감을지도 모르지

잊지 마렴 한 줌 재가 되었지만

넌 그때도 하늘을 날고 있는 거야

누군가의 몸을 데워주고 난 뒤

춤을 추듯 피어오르는 거야

하지만, 지금은

다만 내 잎사귀를 스치고 가는

저 바람 소리를 들어 보렴

너는 지금 바람을 만나고 있구나

바람의 춤을 따라 흔들리고 있구나

지금이 바로 너로구나

• 손택수, 〈나무의 꿈〉 중에서

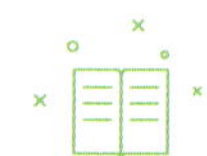

　손택수 시인의 시 〈나무의 꿈〉은 청소년이라면 누구나 고민하는 '꿈'과 '진로'를 다루고 있어요. 하지만 시인은 장래에 무엇이 되고 싶은지보다 어떤 존재로 살지를 물어요. 즉 존재의 본질을 탐구하며 스스로를 돌아보고 사랑하라고 조언하는 시예요. 그렇다고 훈계조로 가르침을 주는 시는 아니에요. 이 시는 '어른 나무'가 '어린나무'에게 다정하게 말을 건네는 장면으로 시작하거든요. 어린나무가 커서 될 수 있는 모습부터 얘기하지요. 의자, 책상, 계단, 배 같은 다양한 가능성을요.

　하지만 이 시가 특별한 이유는 다른 사람이 보기에 괜찮아 보이는 직업이나 진로의 가능성에만 집중하지 않는다는 점이에요. 어른 나무는 어린나무에게 그 어떤 것도 되지 못하고 쪼개져 땔나무인 장작이 될 수도 있다고 말해요. 세상에서 흔히 실패자, 낙오자라고 불리는 존재죠. 하지만 화자는 "아궁이 속 '장작'이 정말 불행할까?", "그 삶은 의미가 없는 걸까?" 하고 세상 사람들의 일반적인 가치관, 고정관념에 의문을 던져요.

그리고 그 의미를 덧붙이죠. 그렇게 재가 되어도 그건 타인을 살리는 의미 있는 존재가 된 거라고요. 이 따뜻한 역설은 삶의 가치를 어디에 두는 게 좋을지 고민하게 하죠. 좁고 답답한 아궁이 속에 던져져 재가 된 게 보잘것없어 보여도, 사실 타인을 위해 의미 있고 소중한 역할을 한 다음 자유롭게 날아간 거라고요. 존재 자체로 그 삶은 의미 있었던 거라고요.

그리고 접속어 "하지만"으로 화제를 전환해 지금 이 순간, 나무가 잎사귀를 스치는 바람을 느껴보라고 해요. 미래의 꿈도, 혹시 모를 실패도 모두 잠시 내려놓고 현재의 자신을 소중하게 여기라고요. 무엇이든 그게 바로 나 자신이라며 장차 무엇이 될지 불안해하지 말고 지금 이 자리에서 느끼고, 생각하고, 부딪히는 자신을 온전하게 사랑하라고 합니다.

이처럼 〈나무의 꿈〉은 미래에 대한 불안과 조급함에서 벗어나 지금 나 자신에게 집중하라고 말해요. 미래도 중요하지만 현재의 가치와 소중함을 잊지 말라고요. 그래서 이 시를 읽고 나면 "그래, 지금 이대로도 괜찮아"라며 나 자신을 소중하게 여길 수 있게 돼요.

스스로를 긍정하는 마음

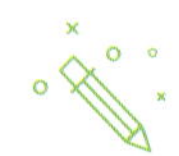

〈나무의 꿈〉 속 화자는 말수는 적지만 속 깊은 사람이에요. 우리가 흔히 생각하는 어른처럼 가르치려 하거나 겉모습만 보고 쉽게 판단하지 않아요. 오히려 어린나무의 눈높이에 맞춰 조곤조곤 말을 건네며 다가가는 따뜻한 어른이죠. 말보다 마음으로 건네는 위로에 능하고 애정으로 세상을 바라보죠. 이런 화자의 태도와 말투, 표현 방식 등을 바탕으로 MBTI 성격 유형을 분석해 보면, INFJ의 특징이 드러나요.

INFJ 유형은 '조용한 예언자', '통찰하는 조언자'로 불릴 만큼 섬세하고 따뜻한 성격을 지닌 사람이에요. 자신을 앞세우기보다는 상대의 가능성과 현재의 가치를 진심으로 바라보며 응원할 줄 알죠. 시의 말투에서도 그런 태도가 그대로 묻어나요. 다정하지만 무겁지 않고, 위로는 건네도 설교는 하지 않아요.

통찰력으로 영향력을 발휘하는 INFJ형 화자

MBTI 유형	유형별 특징	작품 속 표현
I 내향형	화자는 스스로 드러내지 않고 상대(나무)를 존중하며 조심스럽게 대화를 건넴. 또한 자신의 생각을 강요하기보다 스스로 생각하게 함.	"자라면 뭐가 되고 싶니" "다만 내 잎사귀를 스치고 가는 / 저 바람 소리를 들어 보렴"
N 직관형	시의 소재들은 상징적 이미지들로 연결되어 있음. 현실을 뛰어넘는 상상과 은유를 활용함.	"의자가 되고 싶니 / 누군가의 책상이 되고 싶니 / 밟으면 삐걱 소리가 나는 / 계단도 있겠지" "어쩌면 그 무엇도 되지 못하고 / 아궁이 속 장작으로 눈을 감을지도 모르지"
F 감정형	나무의 미래를 세속적 기준에 맞추어 단정짓지 않음. 꿈이 이루어지지 않아도 나무가 '존재'하는 것 자체에 의미를 부여하고, 감정형(F)의 공감과 배려 중심적 사고방식이 드러남.	"잊지 마렴 한 줌 재가 되었지만 / 넌 그때도 하늘을 날고 있는 거야" "누군가의 몸을 데워 주고 난 뒤 / 춤을 추듯 피어오르는 거야"
J 판단형	명확한 구조와 의도로 시상 전개. 다양한 가능성을 제시하고, "하지만, 지금은"이라는 전환으로 '현재'에 집중하라는 메시지를 전달. 이는 내용을 정리하고 마무리하는 판단형(J)의 성향을 보여 줌.	"하지만, 지금은 / 다만 내 잎사귀를 스치고 가는 / 저 바람 소리를 들어 보렴" "지금이 바로 너로구나"

여러분이 느끼는 미래에 대한 불안과 고민이 지금은 세상의 전부처럼 보이지만 그것들이 전부가 아닐 수 있어요. 지금이 바로 너라는 시 구절처럼 지금을 충분히 즐기고 느끼다 보면 여러분이 막연하게 두려워했던 미래를 또 지금처럼 살고 있을 거예요. 그러니 어린나무, 그 자체로 존엄을 잊지 말라고 시 속 화자는 응원해요.

어휘

〈나무의 꿈〉에는 다정하게 말을 거는 대화체의 따뜻하고 일상적인 어휘들이 쓰였어요. 시어들은 단순하게 사물을 가리키는 의미로만 쓰이지 않아요. 화자의 생각과 가치관이 담겨 있죠. 특히 대조되는 시어로 자신의 주제를 분명하게 드러내요.

지금   '말하는 바로 이때'라는 뜻으로 미래에 뭔가 되려고 애쓰기보다 지금 이 순간이 더 소중함. 지금 이대로도 괜찮다는 의미이자 위로

• 세상이 보는 쓸모 있는 존재

의자	사람이 걸터앉아 쉴 수 있게 해 주는 존재
책상	앉아서 책을 읽거나 글 쓰거나 일을 할 때 앞에 놓고 쓸 수 있게 도와주는 존재
계단	오르내리기 위해 건물이나 비탈에 만든 층층대. 공간을 이어 주는 존재
창문틀	'창문의 문틀'로 창을 단단하게 고정해 주어 안팎을 구별하고, 들여다보고 내다볼 수 있게 연결해 주는 존재
배	사람이나 짐 따위를 싣고 물 위를 떠다니며 육지와 섬, 육지와 육지를 이어 주는 존재

• 세상이 보는 쓸모없는 존재 (화자가 보기에는 가치 있는 존재)

아궁이 속 장작	**세상 속 의미_** '장작'은 통나무를 길쭉하게 잘라서 쪼갠 땔나무. 이런저런 모습으로 쪼개져 아궁이 속에 던져지는 보잘것없는 존재. **시 속 의미_** 타인을 따뜻하게 해 주고 자유롭게 날아가는 존재
한 줌 재	**세상 속 의미_** '재'는 불에 타고 남는 가루 모양의 물질. 부질없이 곧 사라질 먼지. **시 속 의미_** 고정관념과 타인의 시선에 묶이지 않고 자유롭게 자신의 삶을 누리는 존재

> **"**
> 이 시에는 **시험에서** 꽤 자주 출제될 만한 **중요한 표현 방식과 문학 개념**이 담겨 있어요. 이러한 요소들을 알고 있으면 **다른 시를 이해할** 때도 도움이 됩니다.
> **"**

시상의 전환

이 시의 내용은 크게 세 부분으로 나뉘어요. 1~12행은 '어린나무가 미래에 되고 싶은 꿈', 13~18행은 '꿈을 이루지 못한다 해도 존재 가치를 지닌 나무', 19~24행은 '나무라는 존재 자체로 가지는 소중함'으로 나뉘죠. 화자는 결론부터 말하지 않고 어린나무가 꿈꾸는 성공을 하나씩 짚어 주고, 그 외에 실패한 걸로 보이는 삶 역시 의미 있다는 것을 알려 줘요. 그리고 그 미래를 위해 당장 해야 할 건 지금 있는 그대로의 자신을 소중히 여기는 거라고 말하죠. 그래서 시인은 부사 '지금'으로 시상을 전환해요.

운율과 심상

이 시는 종결 표현을 반복해서 운율을 형성하고 의미를 강조해요. 의문형 어미 '-니'와 "되고 싶니", 시어 "몰라"와 비슷한 통사 구조(문장 구조) '-을/를 -ㄹ지도 몰라', 종결어미 '-야'와 이와 비슷한 통사 구조 '-는 거야', 종결어미 '-구나' 와 유사한 통사 구조 '-고 있구나'를 반복해요. 또 이 시에서는 다양한 감각적 심상으로 장면을 생생하게 전달하고 시의 주제와 정서를 함축적으로 전달해요. 시각적 심상과 촉각적 심상, 청각적 심상으로 감각적으로 표현했어요.

역설법

"아궁이 속 장작"과 "한 줌 재"에 대한 일반적 인식과 화자의 인식이 달라요. 차이가 갖는 역설적 인식과 주제가 시험에 종종 출제돼요. 일반적으로 "아궁이 속 장작"과 "한 줌 재"는 어떤 의미 있는 것이 되지 못하고 불에 타 사라질 존재로, 이 시에서는 가치 없는 존재, 실패, 좌절을 뜻해요. 하지만 화자는 반대로 이들을 가치 있는 존재라고 하죠. 왜냐하면 화자에게 가치 있는 존재란 다른 사람에게 도움을 주는 존재이기 때문이에요. 따라서 "아궁이 속 장작"과 "한 줌 재"는 누군가의 몸을 데워 주는 역할을 했기에 가치 있는 존재가 돼요. 존재의 가치를 역설적으로 보여 준 거랍니다.

연쇄법

수사법 중에는 연쇄법을 활용한 시상 전개가 시험에 나올 수 있어요. '연쇄법'은 꼬리에 꼬리를 무는 수사법을 말해요. "원숭이 엉덩이는 빨개, 빨가면 사과, 사과는 맛있어, 맛있으면 바나나, 바나나는 길어, 길면 기차"와 같이 앞말과 뒷말이 꼬리에 꼬리를 물고 이어지는 걸 연쇄법이라고 하죠. 이 시에서도 연쇄법을 활용해 계단 - 창문틀 - 창문 - 바다 - 배로 시선이 이어지는 시상이 전개되면서, 나무가 꿀 수 있는 다양한 꿈을 지루하지 않고 자연스럽게 연결해 줘요.

의인화

가장 눈에 띄는 표현 방식은 바로 의인화예요. '의인화'는 사람이 아닌 대상을 사람처럼 표현하는 방식이에요. 이 시의 화자인 어른 나무는 어린나무에게 장래 희망을 물어요.

함께 읽으면 좋은 작품
· 김태연, 《하고 싶은 건 없지만 내 꿈은 알고 싶어》, 체인지업, 2023
· 이요하라 신, 이선희 옮김, 《하늘을 건너는 교실》, 팩토리나인, 2025

1 "꿈보다 현재에 집중하는 삶의 가치"를 놓고 찬반 토론해 봅시다. '꿈을 위해 현재를 희생할 것인가, 아니면 현재에 충실할 것인가'라는 가치 판단 중심의 논제는 타인의 관점과 가치관을 존중할 수 있어요. 시 속 화자의 시선을 바탕으로 삶의 방향성과 존재의 의미를 스스로 질문하고 성찰할 수 있습니다.

2 시 속 어린나무처럼 무엇이 되고 싶은지 이야기 나누며 타인을 위해 어떻게 기여하고 싶은지 정리해 보세요. 이는 자연스럽게 자신의 꿈과 연결돼 진로를 탐색할 기회가 됩니다.

3 두 명이 짝을 이루고 한 명은 '기자'가 되어 '어린나무'와 '조언해 주는 어른 나무'를 인터뷰를 해 보세요. 이를 통해 어린나무와 어른 나무의 감정에 이입할 수 있고 각각의 상징을 이해할 수 있어요. 무엇보다 주의 깊게 듣기와 표현력이 향상될 수 있습니다.

우물 속 '나'를
다시 마주하다

자화상

산모퉁이를 돌아 논가 외딴 우물을 홀로

찾아가선 가만히 들여다봅니다.

우물 속에는 달이 밝고 구름이 흐르고

하늘이 펼치고 파아란 바람이 불고 가을이 있습니다.

그리고 한 사나이가 있습니다.

• 윤동주, 〈자화상〉 중에서

나와 대면하기

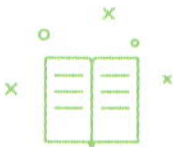

학교에서 괴롭힘당하는 친구를 모른 척한 적 있나요? 괴롭히는 아이가 무서워서 당장은 못 본 척했어도 마음은 편하지 않죠. 왜냐하면 그건 옳지 않으니까요. 양심에 어긋나는 자신의 행동 때문에 죄책감이 들거나 비겁한 자신이 싫어질 때 이 시를 읽어 보세요.

윤동주의 시 〈자화상〉은 어느 가을날, 한 사람이 조용한 우물가로 걸어가는 장면에서 시작돼요. 사람들이 잘 가지 않는 그곳에서 그는 말없이 우물 안을 들여다봐요. 우물물에는 하늘이 비치고, 그 하늘엔 달과 구름이 흐르며, 바람도 술술 불어요. 하지만 그 우물에 비친 자신의 모습은 우물 속 풍경과 대조돼 마음에 들지 않아요. 그래서 자신이 미워져 돌아서죠.

윤동주 시인이 이 시를 썼을 때는 우리나라가 일본에게 나라를 빼앗긴 일제강점기였어요. 그 시절 일본은 우리말을 쓰지 못하게 하고 이름도 일본식으로 바꾸게 했어요. 그럼에도 시인은 우리말로 시를 쓰며 우리 민족의 정신을 지키려는 사람이었어요.

하지만 때때로 일본의 정책을 따라야만 하는 현실 앞에서 스스로를 자책하고 미워했어요.

이 시에서도 그런 자신의 비겁함과 나약함 때문에 우물을 떠나죠. 하지만 그 사내가 불쌍해져 다시 돌아와 우물을 들여다봐요. 맑고 깨끗한 우물은 자기 마음을 비추는 거울이거든요. 화자는 우물에 비친 자신의 모습을 보며 풍경 같던 과거의 자신을 떠올리죠.

이렇게 〈자화상〉은 마음에 들지 않는 자신의 모습을 우물에 비춰 보며 제 안의 비겁과 무기력을 극복하고 순수하고 깨끗했던 '나'를 찾아가는 여정을 담은 시예요. 그래서 '성찰의 시'라고도 불려요.

우물 속 자신과
마주한 시인

〈자화상〉의 화자는 누구의 시선도 닿지 않는 외딴 우물가에서 자신의 모습을 마주합니다. '우물 속 파아란 가을 하늘과 그 위에

뜬 달과 흐르는 구름과 잘 어울리던 추억 같은 사나이'를 그리워 하죠. 제 안에 갇혀 있던 과거의 순수하고 순정했던 자신을 떠올려요. 이 맑은 우물이 품은 풍경에 딱 어울리는 추억 같은 '자신'을 말이죠.

화자는 그 깨끗하고 순수했던, 세상의 때가 묻지 않은 자신이 많이 그리웠나 봅니다. 그래서 "그 사나이가 미워져" 돌아서요. 이 미움은 일제 치하 속에서 안온하게 살아가는 제 모습에 대한 부끄러움일 수도 있어요. 그렇다고 무조건 미워만 하는 건 아니에요. 그런 자신이 가엾고 불쌍하죠. 화자는 그 불편한 감정을 성장의 기회로 삼습니다.

화자는 '나의 이런 모습이 싫어. 그런데 내가 원하는 내 모습은 어떤 모습일까?' 하고 스스로에게 묻습니다. 이런 화자의 모습은 INFP 유형으로 볼 수 있어요.

도덕적 책임감과 내면의 진실함을 추구하는 INFP형 화자

MBTI 유형	유형별 특징	작품 속 표현
I 내향형	내향형은 외부보다 자기 내면과 양심에 집중함. 홀로 외딴 우물을 찾아가 자신의 모습을 보며 자신을 마주함.	"산모퉁이를 돌아 논가 외딴 우물을 홀로 찾아가선 가만히 들여다봅니다" "그리고 한 사나이가 있습니다"
N 직관형	직관형은 눈앞의 현실보다 상징과 의미, 감정의 흐름을 중시. 우물 속 자연 풍경과 계절, 바람 등을 통해 현실 너머 이상적 자아와 상징적으로 연결함.	"우물 속에는 달이 밝고 구름이 흐르고 / 하늘이 펼치고 파아란 바람이 불고 가을이 있고"
F 감정형	감정형은 논리보다 감정의 흐름과 공감 중심. 자기 자신에 대해서도 복잡하고 다양한 감정을 느끼며 미움에서 연민, 그리고 그리움으로 변화하면서 자신의 내면을 이해함.	"그 사나이가 미워져" "가엾어집니다" "그리워집니다"
P 인식형	감정에 따라 즉흥적으로 반응하며, 감정의 흐름을 판단하지 않고 그대로 받아들임. 순간의 인상과 감정을 따라 자아를 느끼고 표현함.	"어쩐지 그 사나이가 미워져 돌아갑니다" "그 사나이가 가엾어집니다." "그리워집니다" "우물 속에는 달이 밝고 구름이 흐르고" "추억처럼 사나이가 있습니다"

이처럼 화자는 이 시를 통해 ‘싫은 나’, ‘그 싫은 나를 포기하지 않고 두 눈 부릅뜨고 들여다보는 나’, ‘그런 나를 가엾게 여기는 나’, ‘자신이 되고 싶은 모습을 찾는 나’, 그리고 그 모든 것이 ‘나’였음을 인정하고 과거 순수하고 맑았던 모습의 ‘나’로 살기로 결정해요. 이는 일제강점기라는 억압된 시대를 살던 청년이 자기 내면을 깊이 들여다보며 고요하게 저항하던 방식의 기록이기도 합니다.

어휘

시를 더 깊이 이해하려면 시 속에 담긴 시어를 주의해서 봐야 해요. 시어는 시 속에서 특별한 의미를 가진 말들이에요. 윤동주의 〈자화상〉은 조용한 풍경 속에서 자신을 들여다보는 시죠.

우물	땅을 파서 물을 퍼 올리는 곳. 화자의 마음을 들여다보는 ‘거울’ 같은 곳. 화자가 자신의 양심을 비추어 보는 거울 같은 곳

외딴	다른 곳과 떨어진 조용한 장소. 시의 분위기 조성
홀로	'혼자'라는 뜻. 남한테 보여 주기 어려운 진짜 속마음을 만나기 위해 일부러 혼자 있음
가을	사계절 중 곡식이 익어 가며 추수하는 계절로, 마음이 차분해지고 생각이 많아지며 화자를 돌아보기 알맞은 계절
달·구름·하늘·바람	세상에 물들지 않은, 때 묻지 않은 순수
사나이	한 남자를 뜻하는 말이지만, 여기서는 우물 속에 비친 화자 자신을 가리킴. 그런데 굳이 '나'라고 하지 않고 '한 사나이'라고 한 표현은, 자기 자신을 좀 더 객관적으로 바라보려는 마음
돌아갑니다·생각하니·도로 가 들여다보니	화자가 자기 자신을 미워했다가 안쓰럽게 생각하는 감정의 흐름을 보여 줌. 어떤 날은 나 자신이 싫고, 또 어떤 날은 괜히 안쓰럽기도 한 우리 일상의 반복을 보여 줌

> **"**
>
> 윤동주의 **<자화상>**은 '**우물**'이라는 **공간적 배경**을 중심으로, **상징**이 돋보이는 대표적인 **현대시**입니다. 이제 이 작품에 쓰인 **표현 방식**과 **구조**를 익히며 **잊지 말아야 할 양심의 가치**를 어떻게 표현했는지 살펴보아요.
>
> **"**

○ ● ○

화자의 감정 변화

역사적 맥락을 이해하며, 화자의 감정 변화를 이해하면 좋아요. 그의 자아 성찰은 단순한 개인 반성이 아니라 시대와 민족에 대한 책임감에서 비롯된 고민이에요. 스스로를 미워하며 혐오하고 연민하다, 그리워하기를 반복해요. 시험에서는 "화자의 감정 변화 순서를 고르시오", 또는

"화자가 느낀 감정의 흐름을 서술하시오" 같은 문제가 나올 수 있어요. 이런 화자의 감정 변화가 주제와 어떻게 연결되는지 출제돼요.

상징

시인은 '우물'로 자신의 내면을 들여다보며 성찰해요. 우물은 '양심을 비추는 거울'을 의미하죠. 또 화자가 자신을 '한 사나이'라고 3인칭으로 불러요. 자신을 객관적으로 보고 싶은 의지 때문이에요. 시험에서는 우물의 상징적 의미를 묻거나 자신을 왜 3인칭으로 표현했는지를 묻는 문제가 자주 나와요.

공감각적 표현

"파아란 바람"이라는 시구를 볼까요? 우리는 바람을 촉감으로 느껴요. 피부에 와닿는 감촉에 따라 보통 '시원한 바람', '뜨거운 바람'으로 표현하죠. 그런데 이 시에서는 "파아란"이라고 시각적으로 표현했어요. 이렇게 표현하고자 하는 감각을 다른 감각으로 표현하는 걸 '공감각적 심상'이라고 해요. 즉 하나의 감각을 표현하는데 다른 감각을 이용해서 작가가 표현하고자 하는 의도를 생생하게 전달하죠. 보통 시에서 '파랑다'는 순수함을 의미하므로 화자가 서 있는 공간은 세속적이지 않은 곳이죠.

수미상관

이 시는 처음과 끝의 내용이 비슷해요. 우물 속 자연의 모습에서 시작해서 우물 속 풍경과 같은 사나이가 우물 안에 있는 걸로 끝나는 구성이죠. 이를 수미상관 구조라고 해요. '수미상관'은 운율을 만들고, 시의 구조를 안정시키며 주제를 강조한답니다.

함께 읽으면 좋은 작품

· 윤동주, 《하늘과 바람과 별과 시》 속 〈참회록〉, 보물창고, 2011
· 현덕, 《하늘은 맑건만》, 창비, 2018
· 헤르만 헤세, 김인순 옮김, 《데미안》, 열린책들, 2024

1 　이 시를 읽고 난 뒤, '지금의 나'는 어떤 모습인지, 자신이 생각하는 '나'와 현재의 '나', 또 과거의 '나'가 어떻게 다른지 비교해 보세요. 또한 '내가 느끼는 나'와 '사람들에게 보이고 싶은 나', '다른 사람이 보는 나' 등에 대해 다양하게 이야기 나눠 보세요.

2 　'SNS 속 나'를 비교해 보는 독서 토론을 해 보세요. "SNS에 올린 내 모습은 진짜 나일까?"라는 질문을 중심으로 조를 나누어 토론하면서 자신의 외적 이미지와 내 안의 정체성 사이의 균형을 고민할 수 있습니다. 최근 자신의 SNS 사진을 분석하며 현대사회의 디지털 문화와 연결지어 자기표현이 갖는 한계를 토론할 수 있습니다.

3 　시에 나타난 감정의 변화, 자아 인식의 과정, 그리고 내면의 갈등은 감정의 복잡성과 그 해결 과정을 잘 보여 줍니다. '감정 일기'를 시 속 화자처럼 구성해서 감정 변화와 성장을 표현해 보세요. 이를 바탕으로 에세이를 쓸 수도 있겠죠. 아니면 스토리보드 형태로 만들어 영상 콘텐츠로 시각화할 수도 있습니다.

밥상 친구와
나누는 대화

선우사

낡은 나조반에 흰밥도 가자미도 나도 나와 앉아서

쓸쓸한 저녁을 맞는다

(줄임)

우리들은 모두 욕심이 없어 희어졌다

착하디착해서 세과슨 가시 하나 손아귀 하나 없다

너무나 정갈해서 이렇게 파리했다

(줄임)

흰밥과 가자미와 나는

우리들이 같이 있으면

세상 같은 건 밖에 나도 좋을 것 같다

• 백석, 〈선우사〉 중에서

낡은 밥상 위
따뜻한 위로

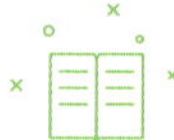

　백석의 〈선우사〉는 조촐하고 가난한 밥상 앞에서 하루를 정리하는 시예요. 조용한 산골 마을의 저녁, 낡고 작은 나무 밥상 위에 '흰밥'과 '가자미'가 놓여 있어요. 시 속 화자는 혼자 밥을 먹고 있죠. 그런데 외롭지 않다고 말해요. 그에게는 흰밥과 가자미가 친구거든요. 그래서 이들과 함께 있으면 마음이 따뜻해지고 가난해도 서럽지 않다고 해요.

　백석은 우리나라 현대시를 대표하는 시인이에요. 우리말의 아름다움을 잘 살려서 우리 민족 공동체의 고유한 삶을 따뜻하게 그린 시를 많이 썼어요. 전통적 정서와 가치를 평안도 방언에 담아 쓴 백석의 시는 문화사적, 언어학적 가치도 매우 높아요. 우리 한국 문학에서 빼놓을 수 없는 중요한 작품들이죠.

　〈선우사〉는 서럽고 외로운 상황에서도 흰밥과 가재미 같은 소박한 것들에서 시인은 따뜻함과 위로를 찾아요. 그리고 그 덕분에 "가난해도 괜찮다, 외롭지 않다"고 말하죠.

　이처럼 이 시는 우리가 지나치는 평범한 순간이 진한 위로가

될 수 있다는 걸 말해 주고 있어요. 시끄러운 세상에서 한 걸음 물러나 앉으면 힘든 순간에도 작은 것에서 위로받을 수 있다고 말하죠. 그게 하늘일 수도 있고, 밥 한 그릇일 수도 있고, 좋아하는 책, 반려동물, 하늘, 일기장일 수도 있어요. 이처럼 우리 마음을 가장 잘 아는 친구는 가끔은 말 없는 존재들일지도 몰라요.

혼밥도 외롭지 않아, 밥상 친구가 있으니까

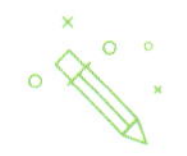

〈선우사〉속 화자는 외롭고 쓸쓸한 저녁, 가족 대신 흰밥과 가자미와 마주해요. 밥상 위에 단출하게 차려진 흰밥과 가자미를 보며 삶의 태도와 존재의 의미를 발견하죠. 자신처럼 자연 속에서 욕심 없이 살았던 그들을 통해 '안분지족'의 행복을 말해요.

화자가 지향하는 삶의 기준은 정직함, 투명함, 정갈함으로 요약돼요. 세속적 욕망에서 한 발 물러나 있어요. MBTI 유형으로 본다면, INFJ의 특징처럼 화자는 조용하지만 내면에 확고한 기준이 있는 사람이에요.

욕심 없이 소박한
INFJ형 화자

MBTI 유형	유형별 특징	작품 속 표현
I 내향형	자신의 감정을 타인과 대화로 나누지 않음. 혼자 있는 시간을 평온하게 받아들이며 소박한 밥상에 마음을 담음.	"흰밥과 가자미와 나는 / 우리들은 그 무슨 이야기라도 다 할 것 같다" "쓸쓸한 저녁을 맞는다" "외로워할 까닭도 없다"
N 직관형	현실적이고 구체적인 사물에 정서를 담아 그 이면의 의미와 상징, 그리고 삶의 태도를 표현함.	"낡은 나조반에 흰밥도 가자미도 나도" "모래알만 세며 잔뼈가 굵은 탓" "바람 좋은 한 벌판에서 물오리 소리를 들으며 단이슬 먹고 나이 들은 탓이다" 등
F 감정형	관계에서의 따뜻함, 배려, 정서를 중요하게 여김. 논리적 분석을 하기보다 음식과도 감정적으로 교감.	"우리들은 서로 미덥고 정답고 그리고 서로 좋구나" "우리들은 가난해도 서럽지 않다"
J 판단형	삶에 대해 자신의 태도와 기준이 분명하고, 정돈된 세계를 지향함. 삶과 관계에 있어서 일정한 질서와 규범을 중시하는 판단형.	"착하디착해서 세과슨 가시 하나 손아귀 하나 없다" "우리들은 모두 욕심이 없어 희어졌다"

화자는 다른 사람들과 경쟁하며 무엇을 성취하기보다 자신만의 작고 정갈한 세계에서 누리는 평화를 더 소중하게 여겨요. 눈여겨봐야 할 건, 화자가 세상을 바라보는 방식이에요. 그는 사람과 음식, 자연을 따로 구분해서 대하지 않아요. 모두 함께 살아가는 존재로 여기죠. 밥과 생선이 친구처럼 느껴지는 건, 그들 안에도 삶의 시간이 있고, 이야기가 있다고 믿기 때문이에요. 이는 세상을 인간 중심으로만 생각하지 않고, 인간을 자연의 일부라고 여기는 겸손한 마음 덕분이죠.

화자는 욕심 없이 자연의 순리대로 살아가는 삶의 의미를 곱씹어요. 성공을 위해 경쟁하고 다투며 쓸려 가는 세상 속에서 자신을 잊지 않고 삶의 가치를 되새기죠. 이 시는 욕심 없고, 착하고 정갈하게 살고 싶어 하는 마음이 담겨 있어요.

어휘 

〈선우사〉는 백석 시인이 함주에서 지은 시집인 《함주시초》에 실린 시예요. 음식을 소재로 화자가 지향하는 삶의 태도를 형상화하고 있어요. 화자, 쌀, 가자미는 서로 다른 공간에서 자랐지만 공통적인 특징이 있어요. 시인은 흰밥과 가자미와 나의 공통점을 감각적으로 형상화해요. 이는 생명을 존중하고 이들을 수평적 관계로 보기 때문에 가능한 게 아닐까요?

가자미	맑은 물 밑 깨끗하고 단정한 모래톱 / 모래알만 세며
흰밥	바람 좋은 한 벌판 / 물오리 소리 들으며 단이슬 먹고
나	외딴 산골 / 솔개 소리 배우며 다람쥐 동무하고

　시인 백석은 평안북도 출신이에요. 그래서 시에는 평안도 방언들이 등장해 시의 분위기를 향토적이고 토속적으로 만들어요. 이는 삶의 정취를 느끼게 하고 민중의 삶을 진솔하게 만들죠.

선우사 (膳友辭)	선(膳)은 밥상, 우(友)는 친구, 사(辭)는 글이라는 뜻. 즉 '밥상 친구에 관한 글'로 밥상 위에 놓인 흰밥과 가자미 친구에 관한 시라는 것을 의미. 즉 '선우사'라는 제목은 외로운 이들이 모여 서로를 위로하는 따뜻한 관계 표현
나조반	낮은 소반. '낡은'이라는 관형어의 꾸밈을 받아 오래된 밥상 위 정겨움을 표현
세며	세상의 가치를 좇지 않고 모래 속 모래알이나 세며 세상 욕심을 따르지 않고 살았다는 뜻
세과슨	'억센'의 방언으로 '성깔이나 모남' 같은 성질을 뜻하는 '세가(勢加)'라는 말에서 파생됨. 여기서는 성격이나 마음에 거친 부분이나 날카로운 가시 같은 것이 없다는 의미

> ❝
>
> **<선우사>는** 단순한 저녁 밥상이 아니라, **욕심 없고 고결한 삶**을 살고 싶다는 마음을 담은 시예요. 그래서 시험을 준비할 때는 **화자의 상황과 태도**를 바탕으로 그 안에 **숨겨진 의미**를 파악하고 **표현 방법**을 파악하는 게 중요해요.
>
> ❞

○ ● ○

공동체 의식

"우리들"이라는 표현에 집중해야 해요. '우리들'이라고 부르는 대상 또는 그렇게 부르는 이유를 묻거나 '우리들'의 차이점과 공통점을 묻는 문제가 출제되거든요. 이들은 모두 자연과 동화돼 청빈하고 순수한 존재로 사는 모습으로, 화자가 그토록 순수하고 욕심 없는 존재가 된 이유와 현재의 삶에도 만족한다는 걸 보여 줘요. 또 화자와 대상들의 연대감과 공동체 의식이 잘 드러나요.

의인법

가장 먼저 눈여겨봐야 할 표현 방식은 '의인법'이에요. "흰밥"과 "가자미"를 친구처럼 표현하며, "우리들은 서로 미덥고 정답고"라고 말하죠. 이렇게 밥과 생선은 화자의 외로움을 채워 주는 '우리'가 돼요. 즉 화자의 외로움을 달래 주는 '말없이 마음을 나누는 관계'로 표현돼요.

감각적 표현

음식을 소재로 한 이 시는 "흰밥"에서 흰색의 시각적 심상을, "물오리 소리를 들으며"의 청각적 심상, "욕심이 없이 희어졌다"에서 시각적 심상을 사용하는 등 색채 이미지로 시적 대상의 속성도 부여하고, 다양한 공간 속 대상들의 비슷한 점을 감각적으로 표현합니다.

화자의 정서

각 연마다 화자의 정서가 직접적으로 드러난 시어나 시구를 바탕으로 화자의 정서가 어떻게 바뀌는지 파악하는 문제도 출제돼요. 1연의 "쓸쓸한", 2연의 "미덥고", "정답고", "좋구나", 5연의 "서럽지 않다", "부럽지도 않다" 등을 통해 시 전체의 정서가 어떻게 바뀌었는지 알 수 있습니다. 처음에는 쓸쓸하고 외롭다가 흰밥과 가자미와 함께하며 화자는 서럽지도 외롭지도 부럽지도 않은 상태가 되죠. 또한 "세상 같은 건 밖에 나도 좋을 것 같다"에서 알 수 있듯 화자는 세상을 부정적으로 보고 있다는 걸 알 수 있어요.

리듬감

"흰밥과 가자미와 나는", "우리들은", '-에서 -며 -탓이다'처럼 동일한 시구나 유사한 문장 구조를 반복해서 의미를 강조하고, 운율을 만들어요. 이런 표현 방식은 시의 리듬감을 형성하고 주제 의식을 강화하는 효과를 줍니다.

함께 읽으면 좋은 작품
· 복효근, 젤리이모 그림, 《세상에서 가장 따뜻했던 저녁》, 단비청소년, 2025
· 백석, 《백석 시집 사슴》 속 〈국수〉, 라이프하우스, 2022

활동

1 이 시를 바탕으로 사회 교과에서 "디지털 시대의 친구란 무엇인가"를 주제로 토론해 보세요. 반찬을 친구로 삼는 것과 SNS 속 친구의 공통점과 차이점을 비교하고, 진짜 소통이란 무엇인지 고민해 봅니다.

2 <선우사>는 사소한 것들 속에서 따뜻한 관계를 만들어 내죠. 이런 시적 태도를 바탕으로 '내 일상 속 사물에게 편지쓰기', 또는 '감정 사물 노트'를 만들어 보세요.

3 "인간이 아닌 존재와 교감이 가능한가"로 토론해 보세요. AI시대에 로봇과 교감이 가능할지, 인간의 정서적 관계 형성은 로봇과 어떻게 다른지 그 특징을 이야기해 봅니다.

느릿느릿 과거로의 시간 여행

1942열차

문태준

광양에서 하동 지나 삼랑진 지나 물금 지나 부전 가네 세 량의
객차를 달고 가네 북천 사람은 함안 사람을 부르네 함안 사람은
마산 사람을 부르네 나발과 꽹과리를 불고 치듯 시끌시끌하게
덜커덩거리며 가네 젖먹이 아이와 젊은 연인과 축하객이 함께
가네 침침하고 눈매가 가느스름한 김천 출신의 나도 끼여 가네
시냇물에 고무신 미끄러지며 떠내려가듯 가네 소나기구름 실어
나르는 바람의 널빤지 가듯 가네 연한 버들과 높은 미루나무와
먼 무지개를 싣고 가네 들판 수로의 깨끗한 물과 무논에 비추어
보며 가네 무논에 비친 푸른 봄산은 일하는 소가 등에 태우고 가
네 신록이 가네 보자기를 풀어놓을 시간만큼 조금 조금씩 역마
다 연착하면서

느리게 달리는 열차 안에서
삶을 바라보다

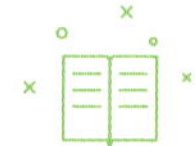

문태준 시인은 조용한 풍경과 사람들의 마음을 시로 쓰는 시인이에요. 한국의 정서를 시 속에 담아 아름답게 표현하기에 노작문학상과 소월시문학상도 받았어요.

〈1942열차〉는 오래된 무궁화호 열차를 배경으로 한 시예요. 전남 광양에서 출발해 경남 부전까지 천천히 달리는 기차죠. 역마다 멈추어 조금씩 늦어질 만큼 덜커덩거리며 느릿느릿 움직여요. 열차 안에는 다양한 사람이 타고 있어요. 젖먹이 아이를 안은 어머니, 서로를 바라보며 웃는 연인, 잔칫집에 가는 축하객들 그리고 화자인 '김천 출신의 나'도 조용히 앉아 있어요. 모두 제각각 다른 모습이지만 한 객차 안에서 함께 시간을 보내는 중이죠.

이 시의 가장 특별한 점은 '느림'을 소중하게 여긴다는 거예요. 요즘 우리는 빨리 가려고만 하잖아요. 엘리베이터가 늦게 오면 초조하고 버스가 늦으면 답답해해요. 그런데 이 시의 화자는 기차가 늦는 걸 전혀 불편해하지 않아요. 오히려 그 느린 시간을 천천히 즐겨요. 기차가 늦게 가는 만큼 창밖 풍경도 더 오래 볼 수 있고, 사람들의 모습도 더 자세히 바라볼 수 있거든요. 그래서 시인은 '늦는 것'이 오히려 '좋은 것'이라고 말해 줘요.

열차 안 풍경은 시끌벅적해요. 사람들은 수다를 떨고, 나발을 불듯 꽹과리를 치듯 시끄럽게 깔깔 웃어요. 하지만 짜증이 나지 않아요. 오히려 그 웃음소리와 대화가 좋아요. 그 정겨운 모습에 흐뭇해지죠. 그래서 시간에 맞춰 기차가 빠르게 달리지 않아도 괜찮아요. 사람들과 함께 타고 있는 그 시간이 더 행복하니까요. 자로 잰 듯한 시간보다 소소하고 보잘것없어 보이는 시간이 더 소중하기 때문이죠.

그래서 기차는 바람을 가르는 널빤지처럼 한가로운 시골 한복판으로 달려가요. 들판 수로의 맑은 물, 논에 비친 푸른 봄산, 일하는 소의 등 위에 얹힌 산그림자가 있는 곳으로요. 이 모든 풍경은 시인이 오래도록 기억하고 싶은 것들이에요.

이 시를 읽다 보면 문득 고개를 들고 주변을 둘러보게 돼요. 그리고 주변에 존재하는 모든 것들이 소중해져서 '조금 늦어도 괜찮아'라고 스스로를 다독이죠. 〈1942열차〉는 우리에게 느림의 소중함, 평범한 사람들의 따뜻한 연결, 자연을 바라보는 마음의 여유를 다시 떠올리게 해 주는 시예요.

차창 너머
바람이 되다

〈1942열차〉의 화자는 승객들 사이에 스며들어 사람들을 관찰하며 행복해해요. 자신이 마주한 열차 안팎의 풍경을 그림 그리듯 풀어놓죠. 소소하지만 즐겁고 다정한 일상, 계절의 흐름에 순응하는 푸른 나무, 바람 그리고 그 자연과 어우러진 인간의 삶을요. MBTI 관점에서 본다면, INFP 유형에 가까워요.

감수성 풍부한 INFP형 화자

MBTI 유형	유형별 특징	작품 속 표현
I 내향형	다른 사람과 대화하거나 교류하지 않고 한 발 떨어져서 열차 안팎 풍경을 보며 관찰자 위치에서 바라봄. 풍경에 조용히 스며들고, 감정을 밖으로 드러내지 않음.	"김천 출신의 나도 끼여 가네" "떠내려가듯 가네" "바람의 널빤지 가듯 가네"
N 직관형	시 속 풍경을 묘사하며 상상과 해석을 덧붙임. 이는 그 안에 담긴 의미나 분위기 흐름을 통해 과거에 정이 오가던 공동체를 떠올림.	"무논에 비친 푸른 봄산은 일하는 소가 등에 태우고 가네" "신록이 가네"
F 감정형	시 속 모든 장면과 풍경을 감정적으로 인식하고 받아들이며 기록함.	"젖먹이 아이와 젊은 연인과 축하객이 함께 가네" "연한 버들과 높은 미루나무와 먼 무지개를 싣고 가네"
P 인식형	정해진 계획이나 속도에 집착하지 않음. '연착'해도 불편해하지 않고 오히려 유연하게 사고하고 받아들이며 순간의 흐름에 자신을 맞춤.	"보자기를 풀어놓을 시간만큼 조금 조금씩 역마다 연착하면서"

기차 안은 대도시의 버스나 전철 풍경과는 사뭇 달라요. 시골

버스를 탄 것처럼 전라도, 경상도 사투리가 섞여 시끌벅적하죠. 화자는 눈을 가느스름하게 뜨고 입꼬리를 올린 채 그들을 봐요. '이게 얼마만의 풍경이야?' 이런 마음으로요. 그래서 열차는 그 옛날 옆집 숟가락 개수도 알던 때로 돌아가요. 연한 버들이 바람에 살랑살랑 몸을 흔들던 봄의 시골로요. 논길 옆에는 멋없이 위로만 쑥쑥 자라는 미루나무가 있고, 그 위로 무지개가 떠 있던 그곳. 그리하여 화자는 옛날 공동체가 살아 숨 쉬고 평안하고 나른했던 한낮의 시골을 걷죠.

그래서일까요? 연착된다는 안내 방송에도 짜증이 나지 않아요. 오히려 그 시간들을 너그럽게 마주하죠. 보자기는 옛날에 물건을 싸서 들고 다닐 수 있도록 네모지게 만든 작은 천을 말해요. 기차 타고 수학여행 갈 때면 엄마가 달걀과 소금, 그리고 사이다를 보자기에 싸 주었거든요. 또 도시에 있는 자식을 만나러 가는 어머니들은 보자기에 참기름, 들기름, 고춧가루 등을 한가득 보자기에 싸 갔답니다. 그래서 연착되는 그 시간만큼 옛날 엄마의 사랑이 듬뿍 담긴 보자기를 푸는 것 같은 행복을 느껴요.

작가가 선택한 시어들은 열차 안팎 풍경을 담았어요. 도시에서 볼 수 없는 풍경들이죠. 그래서 이 시를 읽으면 여유롭고 평화로운 풍경이 그려져요. 어떤 시어들이 이런 분위기를 만드는지 살펴볼까요?

1942열차	교통수단의 하나로 여러 개 찻간을 이어 놓은 차량. 넉넉하고 너그러웠던 과거로 데려가는 타임머신
끼여 가네	'끼이다'라는 말은 무리 속에 하나가 됐다기보다 언제든 그 무리에서 나올 수 있는 다른 존재를 말함. 일행은 아닌데 어쩌다 보니 '함께'하는 존재이므로 관찰자 역할을 암시함
덜커덩거리며	기차 소리를 흉내 낸 음성상징어. 열차 안 사람들의 소리와 함께 생동감과 현실감을 줌
무논	무가 심어진 논이 아니라 물이 고여 있는 논이라는 뜻. "연한 버들", "미루나무", "푸른 봄산"과 함께 열차 밖 배경을 구성. 향토적 분위기 조성
보자기·고무신	지금은 사라진 정겨운 옛 시골 정서와 공동체적인 정을 간접적으로 느끼게 함

> "
> <1942열차>에서는
> 시의 **표현 방식**과 **정서**를
> 파악하는 문제, **구절의 의미**와
> **화자의 태도, 시선의 전환** 등이
> 시험에 자주 출제돼요.
> "

운율

줄글로 쓴 산문시는 어떻게 운율을 만들까요? 이 시는 "하동 지나 삼랑진 지나 물금 지나 부전 가네"처럼 '-지나'라는 말이 반복되면서 열차가 지나가는 여러 역이 리듬감 있게 나열돼요. 이런 반복은 단순한 나열이 아니라 운율을 만들고 열차의 움직임을 실제처럼 느끼게 하죠. 이렇게 겉으로 드러나지 않아도 읽으면서 리듬이 느껴지는 운율을 '내재율'이라고 해요.

비유

시어는 함축적이죠. 표현하고 싶은 원관념을 다른 사물(보조관념)에 빗대어 표현하는 걸 '비유'라고 해요. 열차의 움직임을 고무신 떠내려가는 모습에 빗대죠. '-처럼'이나 '-듯'을 보조관념에 붙이는 것을 '직유법'이라고 해요. 우리는 이 표현을 통해 화자에게 열차가 어떤 의미인지 알 수 있어요.

산문시

이 시는 산문처럼 줄글로 이어 쓴 '산문시'예요. 이는 열차의 찻간들이 이어져서 풍경 사이로 미끄러져 들어가는 모습을 표현하는 데 효과적이에요. 산문의 형식으로 자연과 일상의 감정을 섬세하게 표현했어요.

시상 전개 방식

이 시는 화자의 시선에 따라 진행돼요. 열차 안 사람들을 관찰하다 차창 밖 풍경으로 옮겨 가죠. 이런 구조를 '시선 이동에 따른 시상 전개 방식'이라고 해요. 열차는 또 시간 흐름에 따라 이동하죠. 이 시는 차창 밖 풍경을 보여 주지만 과거의 추억을 떠올리지는 않아요. 그래서 여러분

중에서 과거가 느껴진다고 생각하고 '역순행적 시상 전개'로 오답을 고르기도 하지만, 이 시는 '순행적(시간의 흐름에 따라)으로 시상을 전개'할 뿐 과거의 추억을 말하진 않죠.

시적 화자의 태도

마지막으로 시적 화자의 태도도 알아 두세요. 화자는 다정한 시선으로 주변을 관찰하지만 약간 거리를 두고 관찰해요. 풍경을 그리듯 열차 안팎을 표현해요. 이를 '관조적인 태도'라고 해요.

함께 읽으면 좋은 작품

· 김선영, 《시간을 파는 상점》, 자음과모음, 2012
· 루이스 세풀베다, 엄지영 옮김, 《느림의 중요성을 깨달은 달팽이》, 열린책들, 2016
· 양귀자, 《길모퉁이에서 만난 사람》, 쓰다, 2015
· 윤오영, 《시처럼 아름다운 수필》 속 〈방망이 깎던 노인〉, 북카라반, 2016

1 〈1942열차〉는 특별한 사건 없이 열차 안에서 바라보는 풍경과 사람들을 관찰하고 있어요. 이 시를 통해 '관찰과 표현'을 중심으로, 자신이 일상에서 겪은 순간들을 돌아보며 그때의 감정과 장면을 글로 써 보세요.

---

2 이 시는 흘러가는 시간 속에서 잠시 멈춰 사람들과 세상을 돌아봅니다. 급하게 흘러가는 일상 속에서도 멈춤과 여유, 관찰의 가치를 되돌아보게 해 주는 작품이에요. 화자의 태도를 분석해서 '천천히 사는 삶의 의미'라는 주제를 바탕으로 토의해 보고 글을 써 보세요.

---

3 "시간을 효율적으로 사용해 살아야 하는가", 아니면 "순간의 여유를 누리며 여유롭게 살아야 하는가"로 나눠서 토론할 수 있습니다. 산업혁명 이후 '시간은 돈'이라는 인식이 강해졌고, 노동자는 빠르고 반복적인 작업에 맞춰 살아가야 했거든요. "계획적인 삶과 순간을 느끼는 삶 중 어떤 것이 더 바람직한가"라는 쟁점으로 토론해 보세요.

2장

괜찮다고 했지만, 사실 아니었어

말하지 못한
미안한 마음

사과 없어요

김이듬

아 어쩐다, 다른 게 나왔으니, 주문한 음식보다 비싼 게 나왔으니, 아 어쩐다, 짜장면 시켰는데 삼선짜장면이 나왔으니, 이봐요, 그냥 짜장면 시켰는데요, 아뇨, 손님이 삼선짜장면이라고 말했잖아요, 아 어쩐다, 주인을 불러 바꿔 달라고 할까, 아 어쩐다, 그러면 이 종업원이 꾸지람 듣겠지, 어쩌면 급료에서 삼선짜장면 값만큼 깎이겠지, 급기야 쫓겨날지도 몰라, 아아 어쩐다, 미안하다고 하면 이대로 먹을 텐데, 단무지도 갖다 주지 않고, 아아 사과하면 괜찮다고 할 텐데, 아아 미안하다 말해서 용서받기는커녕 몽땅 뒤집어쓴 적 있는 나로서는, 아아, 아아, 싸우기 귀찮아서 잘못했다고 말하고는 제거되고 추방된 나로서는, 아아 어쩐다, 쟤 입장을 모르는 바 아니고, 그래 내가 잘못 발음했을지 몰라, 아아 어쩐다, 전복도 다진 야채도 싫은데

사소한 일이지만
속상해지는 순간

　김이듬 시인의 시 〈사과 없어요〉는 중국집에서 시키지도 않은 삼선짜장면이 나오는 데서 시작해요. 화자는 시키지 않은 음식이 나와서 기분이 나쁜 건 아니에요.

　종업원의 대처 때문에 불편해졌어요. 주문하지 않은 다른 음식이 나온 걸 보고 '짜장면을 시켰다'고 확실하게 의사 표현을 해요. 그런데 종업원은 "아뇨, 손님이 삼선짜장면이라고 말했잖아요"라며 짜증을 내며 반박해요. 이럴 땐 화를 내며 "아뇨, 난 분명히 그냥 짜장면 시켰어요!" 하고 따질 수도 있겠죠? 그런데 화자는 그러질 못해요. '어쩐다, 어쩐다' 하면서 마음속으로 끙끙 앓아요. 종업원이 혼나거나 곤란해질까 봐 걱정되기 때문이에요.

　우리도 가끔 이런 상황에 처할 때가 있죠. 잘못은 친구가 했지만 말하면 괜히 어색해질 것 같아서 그냥 넘어가거나, 단체 채팅방에서 누가 기분 나쁘게 말해도 괜한 분란을 일으킬까 봐 모른 척 참아요. 이 시는 그렇게 말 못 하고 속으로 끙끙거릴 때 겪는 복잡한 마음을 그리고 있어요. 그래서 시를 읽을수록 더욱더 화자의 마음에 공감돼 속상하고 답답해요.

　또한 이 시는 사과의 중요성도 알려 주죠. "미안합니다" 한마디에 상대방과의 관계도, 상황도 달라져요. 이 시를 읽다 보면 사소한 것 같아 보여도 사과가 얼마나 중요한지 깨닫게 해요. 화자한테 필요한 건 사과 한마디였거든요. 사과 한마디면 진짜 마음이 괜찮아졌을 텐데 말이에요. 이 시는 사람과 사람 사이에서 지켜야 할 덕목을 말하고 있어요. 서로를 배려하고 진심으로 대하면 세상은 훨씬 더 따뜻해지겠죠.

상대를 배려해 성난 마음을
조용히 삭히는 사람

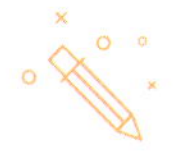

　이 시의 화자는 말하기 전 고민을 많이 하는 사람이에요. 경솔한 말 한마디에 상대가 상처받거나 오해하지 않길 바라기 때문이죠. 그래서 자신의 말 한마디가 불러올 수많은 가능성을 예측하고, 그 말로 상대가 받을 불이익을 걱정해요.

　하지만 이처럼 신중하고 타인을 배려하는 태도에 자신이 피해를 입거나 상처를 받기도 하죠. 왜냐하면 남의 입장을 헤아리다 보면 정작 자신을 챙기지 못할 때가 많으니까요. 마음결 고운 사람이지만 이렇듯 뒷전으로 밀려 손해를 보게 되죠. 이 시에서는 상대를 배려하다 제대로 사과 받을 기회를 놓쳤어요.

화자는 절대로 삼선짜장면을 시켰을 리가 없어요. 해산물도 채소도 싫어하니까요. 싫어하는 재료가 들어간 음식을 시키는 건 말도 안 되죠. 하지만 화자는 과거에 사과했다가 다른 잘못까지 뒤집어쓴 일이 생각나 선뜻 종업원 잘못이라고 말을 못 해요. 그 말 한마디에 종업원이 불이익을 받을까 걱정하죠. 이런 모습은 MBTI 성격 유형 중 INFP에서 종종 볼 수 있어요.

높은 공감 지능으로
상처받는 INFP형 화자

MBTI 유형	유형별 특징	작품 속 표현
I 내향형	타인과 상호작용하기 전 고민을 많이 함. 외부 상황보다 자신의 감정이나 생각을 중심으로 그 감정을 해결하려 함.	"사과하면 괜찮다고 할 텐데" "싸우기 귀찮아서 잘못했다고 말하고는 제거되고 추방된 나로서는"
N 직관형	현재 벌어진 사건보다 자신의 감정과 심리적 상태에 집중. 실제 상황을 있는 그대로 바라보기보다 이후 상황을 상상하며 걱정함.	"주인을 불러 바꿔달라고 할까, 아 어쩐다, 그러면 이 종업원이 꾸지람 듣겠지, 어쩌면 급료에서 삼선짜장면 값만큼 깎이겠지, 급기야 쫓겨날지도 몰라,"
F 감정형	감정을 중요한 기준으로 삼아 결정하고 그에 따라 갈등을 겪음. 타인의 행동보다 자신이 감정에 초점을 맞추고, 자신이 겪는 갈등의 해결법 역시 감정을 우선 해소하고 싶어 함.	"아아 어쩐다, 쟤 입장을 모르는 바 아니고, 그래 내가 잘못 발음했을지 몰라" "아아 사과하면 괜찮다고 할 텐데"
P 인식형	과거의 실수나 결과에 대한 확신이 부족해, 상황에 따라 유연하게 반응함. 결단을 미루고, 상황을 회피함.	"아아 어쩐다, 싸우기 귀찮아서 잘못했다고 말하고는 제거되고 추방된 나로서는"

보통 사람들은 생각하기 전에 말이 먼저 나가서 실수를 하는데, 이 시의 화자는 생각을 깊게 하느라 말할 기회를 놓쳐요. 그래서 억울한 일이 생기거나 상처받죠. 이 시는 이런 우리 삶을 되돌아보고, 나와 타인 사이의 관계에서 어떻게 소통하고 관계를 만들어 가면 좋을지 고민하게 해요.

어휘 

〈사과 없어요〉는 중국집에서 삼선짜장면이 잘못 나오는 아주 단순한 이야기처럼 보일 수 있지만 일상생활에서 우리도 한 번쯤 겪게 되는 속상함을 담고 있어요.

아 어쩐다ㆍ아아 어쩐다	"어쩐다"는 어떻게 해야 할지 몰라서 고민할 때 씀. 이러지도 저러지도 못하겠어서 쩔쩔 맬 때 쓰는 답답하고 짜증 나는 내적 갈등을 표현함
사과	'삼선'은 해산물, 고기, 채소 세 가지가 들어간 음식. 일반 짜장면보다 비싸고 재료도 풍성함. 하지만 시

속 화자는 전복도, 다진 야채도 다 싫어함. 그러니 이
음식은 내가 바라지 않았던 상황, 그리고 나에게는
불편한 선택을 억지로 받아들여야 하는 걸 뜻함

급료   일한 대가로 받는 돈. 화자는 자신이 불편한 상황인
데도 종업원이 혼나거나 손해 보지 않을까 걱정함.
남을 먼저 생각하고, 사회에서 가장 약한 사람이 결
국 모든 책임을 져야 하는 사회의 문제가 드러남

전복   껍데기 입구는 넓고 겉에 구멍이 줄지어 나 있는 조
개류이고, 껍데기 길이는 10~20센티미터 되는 타원
형이며, 색은 갈색 또는 푸른빛을 띰. 고급 재료이지
만 화자의 확고한 취향을 보여 줌

> **이 시는 일상적인 장면을 낯설게 표현하면서 감정과 관계의 단절을 보여 주는 작품이에요. 짜장면과 삼선짜장면 사이, '사과'를 받고 싶다는 욕망으로 화자가 고민하기 때문이죠. 시 속 표현 방식과 화자의 심리, 그리고 상징적 배경까지 함께 정리해 두면 좋아요.**

산문시

이 시는 줄글로 쓴 산문시예요. '산문시'란 연과 행이 구분되어 있지 않고 죽 이어져 있는 형태를 가리키죠. 연과 행이 구분되어 있어야 시행보다 간격이 생겨서 운율감도 더 잘 느껴지고 망설이는 마음도 잘 전달돼 여운이 남아요. 그런데 이 시는 왜 연과 행이 구분되지 않는 산문시

로 썼을까요? 연과 행이 구분되지 않으면 다음 구절이 바로바로 이어
져서 화자의 생각이나 망설임이 더 자연스럽게 와닿기 때문이에요.

제목의 의미

〈사과 없어요〉라는 제목에서 '사과'는 크게 세 가지로 생각해 볼 수 있
어요. 첫째 종업원이 사과하지 않는다는 의미, 둘째 화자가 종업원에게
사과하라고 요구하고픈 의미, 마지막으로 사과를 받기 힘들 거라는 체
념의 의미. 제목에는 화자의 다양한 마음을 담았어요. 무엇보다 시의
주제를 담고 있답니다.

시의 어조

이 시에서는 특정 어구가 반복돼요. "아, 어쩐다", "아아 어쩐다"라는
감탄사가 반복되며 화자의 내적 갈등이 강조돼요. 같은 말만 맴도는
상황은 독자에게 답답함과 소통의 단절을 느끼게 해요. 이는 화자가
처한 상황과 화자의 정서 및 태도를 보여 주죠. 또한 시 전체가 혼잣말,
즉 독백이라는 점도 주목해야 해요. 이 때문에 화자와 종업원이 주고
받는 대화체로 상황을 사실감 있게 표현해요. 독자들도 쉽게 공감할
수 있어요.

내면 의식에 따른 시상 전개

시에서는 내면의 흐름에 따라 시상이 전개돼요. 화자는 자신이 시키지 않은 음식이 나온 걸 깨닫는 '상황 인식', 종업원 실수를 지적할까 말까 망설이는 '내적 갈등', 그리고 자신이 사과했다가 모든 잘못을 뒤집어썼던 과거를 '회상하며 종업원이 처할 상황을 예측'하고, 결국 자신이 잘못 발음했을지도 모른다며 '상황을 묵인'하고 스스로의 책임으로 돌리며, '체념하고 자책'하면서도 전복도 다진 야채도 싫다고 투덜거리며 '상황 속 소외'로 마무리해요. 이런 감정의 변화나 이와 관련한 주제를 묻는 문제가 출제돼요. 이처럼 침묵과 체념은 불합리한 상황에서 자신만 소외될 수 있다는 위험성을 보여 줘요.

함께 읽으면 좋은 작품

· 김혜진, 《완벽한 사과는 없다》, 뜨인돌, 2021
· 노미애, 《내 편이 되어줄래?》, 팜파스, 2015
· 정재윤, 《14살에 시작하는 처음 심리학》, 북멘토, 2016

1. <사과 없어요>를 읽고 '화자가 왜 말을 하지 못했을까?'를 중심으로 인물의 심리를 파악한 뒤, 도덕이나 사회 시간에 배운 방어기제 중 '회피'를 적용해 보는 활동을 해 보세요. 이는 문학 속 인물의 감정을 심리학 개념으로 분석하면서 정서 조절 방식에 대해 생각해 볼 수 있고, 감정에 대한 이해를 넓힐 수 있어요.

2. '사과를 요구할 권리' 또는 '배려하고 넘기기'라는 도덕적 딜레마를 주제로 찬반 토론을 해 보세요. 타인의 감정과 자신의 입장을 조화롭게 고려하며 의견을 표현하는 훈련이 됩니다.

3. 이 시를 연극으로 만들어 창의적 체험 활동을 해 보세요. 화자의 침묵을 중심으로 시에 직접 드러나지 않은 장면을 상상해서 짧은 상황극을 할 수 있어요. 이 과정에서 말과 침묵 사이의 선택, 감정 조절 방식, 사회적 배려 같은 키워드를 중심으로 친구들과 역할을 나누고, 어떤 표현 방식이 더 공감되는지 돌아볼 수 있습니다.

꽃을 뿌리며 상대를
축복하는 이별

진달래꽃

김소월

나 보기가 역겨워

가실 때에는

말없이 고이 보내드리오리다

영변에 약산

진달래꽃

아름 따다 가실 길에 뿌리오리다

 가시는 걸음걸음

놓인 그 꽃을

사뿐히 즈려밟고 가시옵소서

나 보기가 역겨워

가실 때에는

죽어도 아니 눈물 흘리오리다

〈진달래꽃〉은 사랑하는 이와 헤어지는 상황을 가정하고 쓴 시예요. 화자는 사랑하는 이가 자신이 역겨워져서 떠나겠다고 하면 붙잡지 않겠다고 하죠. 아니, 오히려 떠나는 그 길 위에 진달래꽃을 뿌려 주겠다고 해요. 축복하며 보내 주고, 죽어도 울지 않겠다며 제 슬픔조차 드러내지 않겠다고 의지를 다져요.

누군가와 사귀고 마음을 나눌 때 마냥 좋기만 할 수는 없어요. 싸우기도 하고 서운하기도 하고 오해할 때도 있죠. 그 모든 것들이 쌓여 헤어져야겠다 결심하는 순간이 오기도 합니다. 이 시의 화자는 상대가 자신과 헤어지겠다고 마음먹은 순간을 떠올리며 시를 썼어요. 화자는 그런 상황에도 "내가 싫어져 나를 떠나도 난 널 축복해 줄 정도로 좋아하고 아껴. 여전히 널 사랑해. 그 마음을 알아주면 좋겠어"라는 간절함을 담았어요. 진달래꽃은 그 마음을 표현하는 상징이기도 해요. '역겨워서' 떠나겠다는데 꽃을 뿌려 주며 자신의 사랑은 어떤 상황에서도 변치 않을 것임을 약속하는 시이기도 해요.

감정을 꾹꾹 누르는 시어로 화자가 슬픔을 속으로 삼키고 견 딘다는 것을 알 수 있죠. 이는 작별을 고한 그 사람이 마지막까지 자신과의 추억을 아름답게 간직하길 바라는 마음 때문이에요. 내 가 미워져 떠나도 당신과의 추억은 예쁘게 간직하겠으니 부디 상 대도 그렇게 기억해 줬으면 좋겠다는 바람에서죠.

꽃을 뿌리여 보내는 마음

시의 화자는 진심으로 상대를 사랑해서 그 사랑이 끝나는 순 간조차 그 사람을 배려하고 이해하고 있어요. 상대가 자신한테 이별을 선언했는데 분노하지 않고, 잡지도 않아요. 오히려 떠나 가는 사람이 걸어갈 길에 진달래꽃을 뿌려 주겠다고 하죠. 이 는 MBTI 유형 중 INFJ 유형으로 분류할 수 있어요.

이 시로 우리는 '일방적으로 관계가 끊길 때의 마음가짐이나 대처법'을 배울 수 있어요. 내가 싫어서 떠난다는데 상처 안 받고, 화 안 나는 사람이 있을까요? 상대를 비난하거나 원망하기 쉽잖아요. 그런데 이 시의 화자는 흔쾌히 상대를 보내 주겠다고 해요. 누군가를 좋아해도 그 사람이 더 이상 나를 좋아하지 않는다면 그 감정마저 존중하겠다는 의지가 담긴 시죠. 아마 지금은 자신이 싫어졌어도 이전에 자신을 좋아했을 때의 감정만은 아름답게 기억하기를 바라는 소망 때문이겠죠?

그러면 화자도 미래에 이별을 원할까요? 이 시를 읽다 보면 그렇지 않다는 걸 알 수 있어요. 화자는 담담하게 감정을 숨기고 자신의 마음과 반대로 표현하고 있죠.

이별하는 사람이 가는 길에 진달래꽃을 뿌려 주고 싶다고 해요. 진달래꽃은 봄에 피는 화사한 꽃이지만, 이 시에서는 그저 예쁜 꽃이 아니에요. 화자의 마음을 표현하는 상징이죠. 화자는 이렇게 말을 많이 하지 않고, 구체적인 행동과 상징으로 감정을 전달해요. '꽃을 뿌린다'는 표현은 슬픔을 말로 꺼내는 대신, 자연물에 감정을 담는 섬세함을 보여 줘요. 직관형(N)과 감정형(F)의 조합을 잘 보여 주는 특징이에요.

MBTI 유형	유형별 특징	작품 속 표현
I 내향형	이별을 상상하며 자신의 감정을 내면적으로 표현함. 타인과 교류하지 않고 스스로 감정을 갈무리함.	"나 보기가 역겨워 / 가실 때에는 / 말없이 고이 보내드리오리다" "죽어도 아니 눈물 흘리오리다"
N 직관형	자연물인 진달래꽃을 상징적으로 사용함. 이렇게 상징적인 사물을 이용해 행동으로 자신의 감정과 마음의 아픔을 표현함.	"진달래꽃 / 아름 따다 가실 길에 뿌리오리다" "놓인 그 꽃을 / 사뿐히 즈려밟고 가시옵소서"
F 감정형	자신의 감정을 중요하게 생각하고, 감정적 결단을 내림.	"죽어도 아니 눈물 흘리오리다" "말없이 고이 보내드리오리다"
J 판단형	이별의 상황에서 어떻게 할지 계획하고 이를 바탕으로 명확하게 자신의 행동을 계획하며 마무리함.	"나 보기가 역겨워 / 가실 때에는 / 말없이 고이 보내 드리오리다" "영변에 약산 / 진달래꽃 / 아름 따다 가실 길에 뿌리오리다"

이 시에서 화자는 미래의 이별을 가정하고, 그 상황에서 감정에 휘둘리지 않으려고 선언합니다. INFJ는 이상주의적이고 내면의 가치를 중시하는 성격이죠. 또한 뭔가 하나에 꽂히면 그 일을

곱씹고, 또 곱씹으며 생각해요. 그래서 화자는 아직 벌어지지 않은 이별에 꽂혀 그 이별에 어떻게 대응할지 고민해요. 감각형(S) 입장에서는 직관형(N)이 왜 저런 쓸데없는 걱정과 고민을 하는지 전혀 이해가 되지 않죠.

어휘

〈진달래꽃〉을 읽다 보면 익숙한 듯 낯선 단어들이 등장해요. 말투도 지금 우리가 쓰는 표현과 조금 다르고, 꽃이나 장소도 상징적인 의미를 지니고 있어서 시를 정확히 이해하는 데 장벽이 되곤 하죠. 그래서 이 시를 더 잘 느끼기 위해 꼭 알아야 할 어휘들을 함께 짚어 볼게요.

진달래꽃　쌍떡잎식물로 진달래목 진달래과의 낙엽관목으로 이른 봄에 피는 봄꽃. 여기서는 '산화공덕'이라고 해서 부처님이 지나가시는 길에 꽃을 뿌려 그 발길을 영화롭게 한다는 축복의 의미를 담음. 즉 성스러운

존재에게 존경과 헌신을 표현하는 행동

역겹다 사전적 의미로 '몹시 언짢거나 못마땅하여 화가 나거나 거슬리게 싫다'는 뜻. '싫어'보다 더 강력한 뜻을 담음. 상대방이 멀어져가는 걸 보며 이별이 다가왔음을 받아들이는 화자의 씁쓸한 인식이 드러나는 표현

고이 '정성스럽고 조심스럽게'라는 뜻. 마지막까지 마음을 다해 품위 있게 이별하고픈 마음

영변의 약산 시인이 태어난 고향인 평안북도 근처의 산 이름. 이 지명이 들어가면서 시 전체에 따뜻하고 향토적인 분위기가 만들어짐. 이별의 정서가 더 깊어지는 현실적 공간이면서 동시에 화자의 마음속 풍경

아름 두 손에 안을 만큼의 분량. 상대를 아끼고 사랑하는 애틋한 마음

즈려밟다 '지르밟다'의 비표준어. '위에서 내리눌러 밟다'라는 뜻으로 자신이 뿌린 꽃을 조심스레 밟고 가라는 배려와 헌신의 의미

> "
>
> <진달래꽃>은 시험에 자주 등장하는 대표적인 서정시예요. 감정을 절제하면서도 표현이 강렬하고, **반복 구조**와 **상징**이 뚜렷해서 배울 게 많은 시예요. 이 시를 공부할 때는 화자의 태도와 상황도 중요하지만 **시의 형식**이 어떻게 **구성**되어 있는지, 어떤 **표현 방법**으로 주제를 **효과적**으로 드러냈는지를 살펴볼까요?
>
> "

반어법

이 시에서 가장 많이 출제되는 문제는 바로 표현 방식인데요. 그중 반어법은 이 시에서 제일 많이 나오는 수사법이에요. 죽어도 안 울겠다는 말은 실제로는 '눈물이 날 만큼 슬프다'는 의미예요. 눈물을 참겠다는 말이지만, 오히려 슬픔을 더 강조하죠. 이렇게 겉으로는 반대로 말하면서 속마음을 강하게 드러내는 표현을 '반어법'이라고 해요.

역설법

또 하나 중요한 표현은 역설법이에요. 우리가 무엇을 짓밟을 때, 가볍게 짓밟을 수는 없잖아요. 이렇듯 서로 어울리지 않는 단어들이 함께 쓰여 깊은 뜻을 전할 때 이런 표현을 '역설'이라고 해요.

민요적 율격

이 시에는 세 마디로 끊어 읽는 3음보의 '민요적 율격'이 사용됐어요. 이런 운율은 시의 흐름을 부드럽게 해 주고 마치 노래처럼 들리게 해 줘요. 7·5조 형식(7글자+5글자)의 반복도 함께 확인해 두면 좋아요. 또한 '-오리다'와 같은 종결어미를 반복해서 리듬을 만들어요.

상징과 어휘

이 시에서 가장 중요한 상징은 바로 진달래꽃이에요. 진달래꽃은 시적 화자의 분신이며, 임에 대한 아름답고 강렬한 사랑을 보여 줘요. 또 떠나는 임에 대한 원망과 슬픔이자, 임에 대한 헌신과 희생, 순종을 상징하죠. "즈려밟다", "고이", "아름 따다"와 같은 어휘의 뜻과 쓰임도 시험에 나올 수 있어요. 옛말이거나 지금 잘 쓰지 않는 단어들이기 때문이죠.

수미상관

시의 구조도 눈여겨봐야 해요. 이 시는 '수미상관' 구조로 처음과 끝이 비슷한 표현으로 마무리돼요. 1연과 4연에 같은 구절이 반복되죠. 이 구조는 시 전체에 안정감을 주고 화자의 태도를 강조하며 운율을 만들어요.

함께 읽으면 좋은 작품
· 작자 미상, 《해법 문학 고전시가》 속 〈정석가〉, 천재교육, 2025
· 이형기, 《낙화》 속 〈낙화〉, 시인생각, 2013

활동

1 〈진달래꽃〉에서 보여 주는 '희생적 사랑'과 '전통적 인내'와 연관 지어 패러디 시를 써 보세요. 반어법과 비유와 상징을 활용해 사회적 현상을 비판해 보아요.

---

2 '관계'에 관한 원탁 토론을 해 보세요. "나를 싫어하는 사람에게 계속 관계를 유지하자고 하는 건 옳은가, 옳지 않은가?"로 토의하며 건강한 관계에 대해 고민해 볼 수 있습니다.

---

3 평안도의 봄꽃, 진달래가 피는 시기를 떠올리며 지역 관련 문화를 조사해 보세요. 시인이 살았던 평안도 지역에서 꽃이 피는 시기를 알아보고, 우리가 사는 동네와 비교해 봅니다. 지역 문화도 함께 조사해 보며 사회 문화사를 공부해 볼 수 있어요.

기억을
지키는 집

낡은 집

이용악

그가 아홉 살 되던 해

사냥개 꿩을 쫓아다니는 겨울

이 집에 살던 일곱 식솔이

어디론지 사라지고 이튿날 아침

북쪽을 향한 발자국만 눈 위에 떨고 있었다.

(줄임)

 지금은 아무도 살지 않는 집

마을서 흉집이라고 꺼리는 낡은 집

(줄임)

꽃 피는 철이 와도 가도 뒤 울 안에

꿀벌 하나 날아들지 않는다.

• **이용악**, 〈낡은 집〉 중에서

　〈낡은 집〉은 지금은 흉가가 된 '낡은 집'에 살던 털보네 일곱 식구의 사연을 담은 슬픈 시예요. 지금은 거미줄만 가득하고 사람들이 무서워하는 흉가가 되었지만, 그 집에는 도토리 같은 꿈을 꾸던 화자의 동무가 살았어요. 그런데 어쩌다 이 집은 꽃피는 철에도 뒤뜰에 꿀벌 하나 날아들지 않는 흉가가 되었을까요?

　화자의 동무는 털보네 셋째 아들이었는데, 무척 가난했어요. 친구가 태어날 때 동네 아줌마들은 살림에 보탤 송아지가 태어나는 게 이 집에 더 나았을 거라고 할 정도였죠. 그래서 털보네 셋째 아들은 원치 않는 아이들을 잡아가는 '갓주지 설화'를 들으며 자랐어요. 그런 가난 속에서도 털보네 부모님은 밤낮으로 누구보다 성실하게 일했고, 동무는 작고 소박한 도토리의 꿈을 꾸며 살았어요. 하지만 동무가 아홉 살 되던 해 겨울밤, 그들은 눈 덮인 들판에 발자국만 남기고 결국 북쪽으로 도망쳐요. 어디로 갔는지, 어떻게 살고 있는지 아무도 알 수 없어요.

　이 시는 '낡은 집'에 살았던 평범한 한 가족의 이야기이자, 가난 때문에 쫓기듯 도망칠 수밖에 없던 우리 민족의 아픔을 담은 시예요. 〈낡은 집〉은 일제강점기에 쓰인 시거든요. 사냥개가 꿩을 쫓는 것처럼 매서웠던 일제의 수탈과 억압 속에서 고향을 떠나야만 했던 한 가족의 사연이자, 우리 민족의 사연이 이 집 한 채에 고스란히 녹아 있어요. 온기가 사라진 집을 보며 떠나간 사람들의 가난과 고통, 그리고 지워지지 않는 기억을 떠올려 보아요.

기구한 가족의 역사를
말해 주는 사람

　〈낡은 집〉은 마치 오래된 영화를 보는 것 같아요. 폐허가 된 친구 집을 보며, 거기 살았던 친구와 그 가족을 떠올리니까요. 시의 화자는 친구의 집을 보며 가슴 아파하고 있어요. 옛이야기를 들려주듯 친구의 집이 귀신이 나올 법한 집이 된 사연을 들려주죠. 화자는 조용하지만 속은 따뜻한 사람, MBTI 유형 중 INFP로 보여요.

　시 속 화자는 어릴 적 함께 놀던 친구의 집을 바라보며 먹먹한 마음을 표현하죠. 그 친구네는 가난(빚)에 쫓겨 만주, 연해주, 간도처럼 무서운 곳으로 조선을 떠나 도망쳐야 했으니 얼마나 속상하고 분하고 슬플까요?

그런데 화자는 이런 현실 앞에서 울거나 분노하지 않아요. 오히려 덤덤하게 그들이 왜 삶의 터전을 떠날 수밖에 없었는지 그들의 삶을 담담하게 전해요. 이는 치열하게 살았지만 도망치듯 떠날 수밖에 없었던 털보네 가족과 동무를 잊지 않겠다는 다짐으로 보여요. 또한 슬픔을 극도로 절제하며 옛이야기를 들려주듯 이야기해요. 차분한 어조로 친구와 이웃을 잃은 화자의 슬픔과 깊은 상실감뿐만 아니라, 일제강점기를 살았던 하층민의 비극을 느낄 수 있어요.

친구의 아픔도 소중하게 끌어안는 INFP 유형

MBTI 유형	유형별 특징	작품 속 표현
I 내향형	화자는 외부 세계보다 자신의 내면을 탐구하려는 성향이 강함. 낡은 집을 통해 과거를 회상하고 상실과 아픔을 내적으로 풀어 감.	"항구로 가는 콩실이에 늙은 둥글소" "모두 없어진 지 오랜 / 외양간엔 아직 초라한 냄새"
N 직관형	구체적인 사실을 넘어서 그 속에 담긴 상징적 의미와 감정을 해석. 과거의 고통과 상실을 단순히 감각적으로 묘사하며 상징적인 방식으로 그것을 풀어내고, 직관적(N)인 방식으로 감정을 탐구함.	"날로 밤으로 / 왕거미 줄치기에 분주한 집" "찻길이 놓이기 전 / 노루 멧돼지 족제비 이런 것들이 / 앞뒤 산을 마음 놓고 뛰어다니던 시절" "꽃 피는 철이 와도 가도 뒤 울 안에 / 꿀벌 하나 날아들지 않는다"
F 감정형	화자는 이별, 고통, 상실을 상징적이고 감성적인 소재들로 표현.	"마을서 흉집이라고 꺼리는 낡은 집" "그날 밤 / 저릎등이 시름시름 타들어 가고 / 소주에 취한 털보의 눈도 일층 붉더란다"
P 인식형	과거의 상황과 현재의 상황을 비교하며 과거의 아픔과 현재의 상실감을 단단하게 받아들이고 성찰함.	"사냥개 꿩을 쫓아다니는 겨울" "지금은 아무도 살지 않는 집"

어릴 때 친구 집에서 놀아 본 적 있나요? 이 시 속 '낡은 집'은 화자가 종종 놀러 가던 친구 집이에요. 이 집의 주인인 털보네 셋째 아들은 화자의 친구였거든요. 그래서 이 집은 화자한테 따뜻하고 소중한 추억이 담긴 집이에요.

그래서 화자는 그 집을 흉가라고 생각지 않아요. 그 집에는 누군가의 희망, 사랑, 삶이 있었으니까요. 오히려 귀신이 나올 법한 흉가로 변한 친구의 집을 보며 일제의 수탈로 고향을 떠나야 했던 우리 민족의 비극을 이야기합니다. 이와 함께 '기억하는 것'이 얼마나 중요한지를 말하죠.

어휘

이 시는 워낙 옛날에 쓰였고 함경도 지역 방언도 있어서 어려울 수 있어요. 하지만 이 시어들로 일제강점기, 바다가 보이는 산골 마을, 가난했지만 평범했던 한 가정이 치열하고 부지런하게 살아 낸 삶의 모습을 기억할 수 있어요. 시어를 이해하면 단순한 배경지식을 넘어서 말 속에 담긴 정서와 눈물, 그리고 남겨진 자의 아픔과 슬픔에 공감할 수 있답니다.

은동곳	상투 틀 때 풀어지지 않게 꽂는 장신구
산호관자	상투 튼 머리가 흘러내리지 않게 머리에 두르는 장식품
재	고개
무곳	장사하려고 곡식을 팔러 다니는 것
싸리말	함경도에서 어린이들이 말처럼 타고 놀던 장난감. 어렸을 때 마마를 함께 앓으며 싸리말을 타고 나았던 친구라는 뜻으로, 어릴 때 아픈 기억을 함께 나눈 친구였다는 걸 뜻함.
짓두광주리	짚으로 만든 광주리로 바느질 도구를 담는 반짇고리를 뜻하는 지역 방언
저릎등	껍질 벗긴 삼대(나무의 종류)에 불을 붙였다는 말로 가난했음을 뜻함
오랑캐령	중국 땅 만주
아라사	러시아
글거리	'그루터기'의 지역 방언

> "
> **<낡은 집>**은 일제강점기라는 시대를
> 담으면서도 **개인이** 겪어야 할 **고통과**
> **아픔**을 담은 작품이에요. 주제와 관련해
> **다른 문학작품들**과 함께 출제될 수 있어요.
> 일제강점기 **농민들의 가난**, **유랑**할 수밖에
> 없는 **비극**을 담은 다른 작품들도
> 연계해서 공부하면 좋아요.
> "

액자식 구성

한 가정의 비극을 담담하게 표현하기 위해 이 시는 액자식 구성을 사용
했어요. '액자식 구성'이란 한 이야기 안에 또 다른 이야기를 담는 구조
를 말해요. 현재-과거-현재로 구성돼 결국 유랑민이 될 수밖에 없던

털보네의 비극을 뚜렷하게 보여 주죠. 1~2연에서는 현재의 낡은 집을 보여 주고 3~7연에서는 그곳에 살았던 털보네 가족의 과거 모습을 전달해요. 그리고 8연에서는 다시 현재로 돌아와 낡게 변한 집을 보여 주며 마무리되죠.

이야기 전달 방식

이 시는 직접 체험한 부분과 간접 체험한 부분으로 나뉘어요. 화자가 직접 체험한 부분은 5~8연이고, 어른으로부터 전해 들은 부분은 1~4연이에요. 이렇게 직접 체험과 간접 체험을 섞어서 쓴 이유는 개인적 고통으로 당시 우리 민족의 집단적 비극을 모두 표현할 수 있기 때문이에요. 또한 어른들에게 들었다는 간접 체험 방식으로 화자가 이야기하는 내용을 믿게 만들죠.

지역 방언과 시의 분위기

언어적 특징이나 어휘도 시험에서 중요해요. 이 시는 토속적 시어, 즉 지역 방언인 "짓두광주리", "싸리말", "저릎등" 같은 말들을 사용했어요. 이는 단순히 지역어가 아니라, 그 시대 사람들의 생활과 감정을 생생하게 떠올리게 해 주는 장치예요. 또한 향토적 분위기를 조성해요.

상징

꼭 주목해야 할 문학 개념이 있어요. 바로 상징이에요. '낡은 집'은 그냥 오래된 집이 아니에요. 삶의 터전을 잃은 가족의 몰락을 넘어 일제강점기에 고향을 떠나야 했던 우리 민족 전체의 상실을 '상징'해요.

반영론적 관점

마지막으로 비슷한 시기의 다른 문학작품들과 함께 출제될 수 있어요. 이용악의 〈오랑캐꽃〉이나 오장환의 〈고향 앞에서〉와 같은 일제강점기 농민들의 가난, 유랑할 수밖에 없는 비극을 담은 작품들과 연계해서 공부하면 좋아요. "이 시의 화자와 비슷한 상황에 처한 시를 고르세요"라든가, "시 속에서 말하고자 하는 바와 비슷한 시는?"이라는 문제가 출제될 수 있어요. 이렇듯 시가 쓰였던 시기의 문화나 역사적 사건 등을 바탕으로 문학을 이해하는 방식을 '반영론적 관점'이라고 해요.

함께 읽으면 좋은 작품
· 백석, 《백석 시집 사슴》 속 〈여승〉, 라이프하우스, 2022
· 한강, 《소년이 온다》, 창비, 2014

1 '내가 기억하는 고향 혹은 집'이라는 주제로 에세이를 써 보세요. 실제 고향이 아니어도 괜찮아요. 마음속에 남은 장소, 오래된 골목, 할머니 집의 부엌처럼 자신만의 공간을 떠올려 보고 그 공간이 자신의 정체성과 감정에 어떤 영향을 미쳤는지 돌아보세요.

2 "내가 털보네 가족이었다면 어떤 선택을 했을까?"를 주제로 독서 토론을 해 보세요. 시대의 억압 앞에서 개인이 감당해야 했던 선택과 현실을 더 입체적으로 바라볼 수 있습니다. 사회가 개인에게 끼치는 영향을 생각하며 공동체의 일원으로서 함께 만들어 갈 사회에 대해 고민해 보아요.

3 '사라지는 것을 기록하는 사람'이라는 주제로 자신이 속한 학교나 마을에서 사라진 공간을 조사하고, 그 이야기를 영상이나 인터뷰, 시나리오로 기록해 보세요. 흉가처럼 변한 '낡은 집'이 사람에게 어떤 영향을 미치는지를 생각하며, 그 상처를 보듬고 회복하려면 어떤 방식으로 해 나가야 하는지를 고민해 봅니다.

유리창에 어린
슬픔을 닦는 마음

유리창1

정지용

유리에 차고 슬픈 것이 어른거린다.

열없이 붙어 서서 입김을 흐리우니

길들은 양 언 날개를 파닥거린다.

지우고 보고 지우고 보아도

새까만 밤이 밀려 나가고 밀려와 부딪치고,

물 먹은 별이, 반짝, 보석처럼 박힌다.

밤에 홀로 유리를 닦는 것은

외로운 황홀한 심사이어니,

고운 폐혈관이 찢어진 채로

아아, 늬는 산새처럼 날아갔구나!

별이 된 아이를 그리워하는 **아버지의 마음**

　추운 겨울, 유리창에 입김을 불어 본 적 있나요? 정지용 시인의 시 〈유리창1〉에서는 한 아버지가 유리창에 어리는 그 뽀얀 입김을 열없이 바라보고 섰어요. 다 큰 어른이 왜 힘없이 유리창에 붙어 서서 하얗게 피어올랐다 투명하게 사라지는 입김을 애틋하게 보고 있는 걸까요? 유리에 뽀얗게 서렸다 사라지는 입김이 죽은 아들 같아서 그러는 거예요. 그게 어떻게 죽은 아들 같냐고요? 유리창에 서린 입김이 언 날개를 파닥거리는 작은 새처럼 보였기 때문이래요.

　입김처럼 제 몸에서 나와 짧게 머물다 떠난 작은 새 같은 아들. 그 순간조차 애틋한데, 창 너머 새까만 밤은 파도처럼 밀려나갔다 밀려와 부딪치죠. 입김이 어리는 그 순간마저 시기하는 것처럼요. 그 새까만 밤하늘 창 너머 물 먹은 별 하나가 보석처럼 화자의 눈 속에 박혀요. 그 별은 죽은 아들 같아요. 화자의 심사 (心事, 마음속으로 생각하는 일)는 '외롭고 황홀'해요. 화자는 이제 인정해야 해요. 아이가 제 곁을 떠났다는 것을요. 밤하늘의 별이 된 아들 때문에 절망하지만 한편으로는 이렇게나마 볼 수 있다는 황홀함이 뒤섞여요.

하지만 그게 다예요. 유리창에 막혀 다가갈 수도, 데려올 수도 없는 저 먼 우주의 별이 된 아들. 결국 화자는 "아아" 하고 절규하며 아들의 죽음을 인정할 수밖에 없어요.

이렇듯 이 시는 아이를 잃은 아버지의 슬픔을 극도로 절제하며 표현했어요. 인간이면 누구나 겪을 수밖에 없는 비통한 상실의 아픔을 꾹꾹 눌러 담았기에 더 슬픈 시예요.

삶과 죽음의 경계를
넘지 못하는 비통함

〈유리창1〉의 화자는 자신의 마음에 귀 기울이고 주변의 작은 것들도 소중히 여기는 사람으로 보여요. 화자는 자식을 잃은 고통과 이별의 아픔을 있는 그대로 받아들이고 그 슬픔을 혼자서 감내해요. 아들이 떠났다는 현실을 부정하거나 피하려 하지 않고 오히려 그리움이라는 감정을 껴안고 그 자취를 찾아요. 차가운 유리창 앞에서 아이의 형상을 다시 그리고 또 지우는 행동은 슬프지만 떠나간 아들을 향한 애도이자 추모라고 할 수 있어요. MBTI 성격 유형 중에서는 INFJ 유형일 가능성이 높아요. INFJ는 '옹호자'라고도 불리며 내향적이고 상징에 민감하며 감정이 풍부하고, 무엇보다 삶의 의미와 깊이를 중요하게 여기는 성향이 있거든요.

누군가와 자신의 감정을 나누지 않고, 밤에 홀로 유리창을 닦으며 애통함과 비통함을 안으로 삭혀요. 그런데 왜 하필 유리창일까요? 유리창은 안팎의 경계를 나누고 동시에 연결해 줘요. 여기서는 이승과 저승의 경계이자 서로를 볼 수 있는 객관적 상관물인 거죠.

그래서 화자는 유리창 앞에 서서 창문을 닦고 또 닦는 거에요. 이런 일상적이고 사소한 행위는 우리에게 더 큰 울림을 줘요. 사람은 누구나 살아가면서 예기치 않은 이별과 맞닥뜨릴 때가 있어요. 이렇듯 INFJ는 자신만의 방식으로 누군가를 추모해요.

MBTI 유형	유형별 특징	작품 속 표현
I 내향형	화자는 타인과 감정을 나누는 대신, 깊은 상실감과 감정을 자신 안에서 조용히 곱씹음. 말보다 이미지와 행동, 침묵으로 마음을 드러내며 자신의 슬픔을 내면에서 사유하는 데 집중함.	"밤에 홀로 유리를 닦는" "열없이 붙어 서서 입김을 흐리우니"
N 직관형	직접적인 묘사보다 상징을 사용해 자신의 감정을 감각적으로 표현함.	"물 먹은 별이, 반짝, 보석처럼 박힌다" "열없이 붙어 서서 입김을 흐리우니 / 길들은 양 언 날개를 파닥거린다"
F 감정형	상실의 슬픔을 이성적으로 해석하지 않고 고스란히 느끼고 있음.	"고운 폐혈관이 찢어진 채" "아아, 늬는 산새처럼 날아갔구나!"
J 판단형	유리창이라는 경계를 통해 감정을 객관적으로 바라보려 함. 고통을 삶의 일부로 수용함.	"밤에 홀로 유리를 닦는 것은 / 외로운 황홀한 심사이어니"

예부터 자식을 잃은 마음을 '단장지애(斷腸之哀)'라고 했어요.

새끼 원숭이를 빼앗긴 어미 원숭이의 창자가 마디마디 끊어져 죽은 데서 전해지는 오래된 사자성어로, '창자가 끊어지는 슬픔'이라는 뜻이에요. 자식을 잃은 부모의 슬픔은 생명을 앗아갈 만큼 절절하다는 뜻이죠. 이 시의 화자는 아들을 잃은 슬픔을 어쩌지 못하고 유리창의 입김을 닦고만 있어요. 이처럼 말보다 행동이 더 많은 걸 보여 주기도 해요. 이 시의 화자는 자신의 슬픔을 상징과 이미지로 표현하며, 아들을 추모하며 상실을 달래고 있어요.

INFJ는 내향적이고, 상징에 민감하며, 감정이 풍부하고, 무엇보다 삶의 의미와 깊이를 중요하게 여기는 특징이 있어요. 시의 화자는 자신의 슬픔을 상징과 이미지로 표현하며, 삶과 죽음의 경계에서 의미를 찾으려고 성찰하는 사람이에요. 이 유형의 사람들은 조용하지만 내면이 깊고, 타인에게 공감하면서도 혼자만의 세계를 중요하게 여기는데, 이 시 속 화자가 그런 인물이죠.

어휘

이 시는 짧지만 아주 깊은 슬픔과 그리움을 담고 있죠. 각 시에 쓰인 어휘의 상징적 의미를 이해하고, 나이가 화자의 마음과

시의 주제도 이해해 보아요.

유리창	유리를 낀 창. 건물 내부와 외부를 연결하며 바깥과 안을 볼 수 있게 함. 창문은 화자가 서 있는 현실 세계(이승)와 죽은 아이가 있을지도 모르는 바깥세상(저승)을 나누는 경계. 만남과 단절, 삶과 죽음이라는 서로 다른 세계를 이어 주는 상징
입김	추운 날 입에서 나오는 새하얀 김을 말하지만 여기서는 생명의 흔적을 뜻함. 입김은 유리창을 흐리게 만들고, 그 위에 죽은 아들을 떠올리게 함
파닥거린다	입김이 유리창에서 미세하게 떨리는 모습이 살아 있던 아이의 마지막 움직임처럼 느껴짐. 또는 괴로워 파닥이던 모습도 떠올리게 함
별	하늘나라로 올라간 죽은 아들
외로운 황홀한 심사	별은 아름다우나 다시는 볼 수 없는 아들을 잃은 슬픔이 섞인 복합적인 마음

"

<유리창1>은 중학교부터 고등학교까지 **국어 시험**에 자주 등장하는 **대표적인 현대시**예요. 이 시를 공부할 때 꼭 알아 두면 좋은 **표현 방식**과 **문학 개념**, 그리고 시험에 자주 **출제되는 요소들**을 알아볼까요?

"

화자의 정서 표현

시 내용을 이해하려면 시에서 말하는 사람인 '화자'를 이해해야 해요. 화자가 어떤 태도를 보이는지, 그 태도를 드러내는 감각적인 이미지를 찾고, 이런 이미지가 시의 분위기를 어떻게 만드는지 확인하세요. 이 시의 화자처럼 감정을 겉으로 드러내지 않고 감각적인 이미지나 행동으로 보여 주는 걸 '정서의 간접적 표현' 또는 '절제된 정서 표현'이라고 해요. '정서를 간접적으로 표현'한다는 건 '상징'과 '비유' 또는 '감각적 표현'으로 함축적으로 표현해요. 여기서 한 가지 더 덧붙이자면, 동작을 상징적으로 표현했다는 거예요. 화자가 유리창을 계속 "지우고 보고 지우고 보아도"라고 반복하는 장면은 단순한 행동의 반복을 넘어서 아이를 다시 만나고 싶어 하는 간절한 마음을 드러내요.

시의 구조

시의 전체 구조를 기억해야 해요. 시는 처음엔 화자의 관찰로 시작해서 점점 감정이 깊어지고, 마지막엔 감정이 폭발하듯 드러나죠. 이는 어조에서도 알 수 있어요. 처음부터 끝까지 절제된 어조를 유지하다가 마지막 부분 "아아, 늬는 산새처럼 날아갔구나!"에서 폭발해요.

역설과 감정의 대위법

무엇보다 놓치면 안 되는 표현이 있는데, 바로 '역설'이에요. "외로운 황홀한 심사"는 외로움과 황홀함이라는 서로 반대되는 단어로 '심사'를 표현해요. 이런 표현은 복잡한 마음을 강조하는 데 효과적이죠. 외로운데 황홀하다고 표현함으로써 슬픔을 절제하죠. 이를 감정의 대위법이라고도 해요. '감정의 대위법'이란 서로 관련 없는 단어를 결합해 감정을 절제하는 걸 말해요. 이 시에서는 이런 표현법이 또 있는데, 바로 "차고 슬픈 것"에서 이 기법이 쓰였어요. 슬픈 감정을 차가운 촉각적 이미지와 결합해서 슬픔이 배로 느껴져요.

죽음으로 인한 상실

이 시에서 '유리창'은 죽음과 삶을 나누는 경계이자 단절을 뜻하죠. 시험에서는 죽음의 단절과 관련된 시와 함께 출제되기도 해요. 대표적으로 박목월의 시 〈하관〉을 들 수 있어요. 관을 내리는 행위에서 죽은 아우와 나 사이를 저승과 이승으로 거리감을 표현했어요. 도종환이 쓴 〈옥수수밭 옆에 당신을 묻고〉도 기억하세요. 이 시는 삶과 죽음의 경계를 극대화한 시예요. 또한 그리움을 표현하는 상징적인 행동도 기억해야 해요. 화자가 유리창을 계속 "지우고 보고 지우고 보아도"라고 반복하는 장면은 단순한 행동을 넘어서 아이를 다시 만나고 싶어 하는 간절한 마음을 보여 줘요. 시험에서는 '반복된 행동이 의미하는 바'를 묻는 문제나, '화자의 내면 심리를 드러내는 시어'를 찾는 문제가 나올 수 있어요.

함께 읽으면 좋은 작품
· 김애란, 《바깥은 여름》 속 〈입동〉, 문학동네, 2017
· 김소월, 《김소월 시집》 속 〈초혼〉, 리플레이, 2025
· 김선희, 백두리 그림, 《사소하지 않은 생각》, 자음과모음, 2017

1 '상징', '시상의 전환', '감정의 대위법'과 같은 표현 방식에 주목하여 문학 개념을 정리하고, 국어 시간에 이를 바탕으로 감상문을 써 보거나 다른 창작 활동으로 확장해 보세요.

2 죽음, 이별, 존재의 의미 같은 철학적 주제를 고민해 볼 수 있어요. 학교에서 철학이나 윤리를 이야기하는 사회나 도덕 수업이 있다면, '삶과 죽음을 연결하는 시적 상상력'이라는 주제로 짧게 발표하거나 보고서를 써 보세요. "인간은 죽음을 극복할 수 있는가, 아니면 겸허히 받아들여야 하는가"를 토의할 수 있어요.

3 죽음뿐만 아니라 상실과 그리움을 어떻게 받아들여야 하는지, 그 태도를 탐구할 수 있어요. 우리는 살아가면서 친구와 다투기도 하고, 반 친구와 원치 않는 이별을 해야 할 때도 있는 것처럼 소중한 존재들과 크고 작은 이별을 경험하잖아요. 이런 감정을 마주하는 법을 이야기 나눠 보세요.

3장

늘 그 자리에 있어 주는 마음

별이 되고 바람이 되어,
당신 곁에 머무는 꿈

나의 꿈

한용운

당신이 맑은 새벽에 나무 그늘 사이에서

산보할 때에,

나의 꿈은 작은 별이 되어서

당신의 머리 위를 지키고 있겠습니다.

당신이 여름날에 더위를 못 이기어

낮잠을 자거든,

나의 꿈은 맑은 바람이 되어서

당신의 주위에 떠돌겠습니다.

당신이 고요한 가을밤에 그윽히 앉아서

글을 볼 때에,

나의 꿈은 귀뚜라미가 되어서

책상 밑에서 '귀똘귀똘' 울겠습니다.

별이 되고 바람이 되어, 당신 곁에 머무는 꿈

한용운 선생님은 일제강점기를 살던 분이에요. 스님이자 시인이었고, 나라를 되찾기 위해 힘쓴 독립운동가였어요. 선생님은 일본에 맞서 싸우며 글로 사람들의 마음을 깨우고 싶어 했고, 불교를 개혁하고자 했어요. 1933년부터는 '심우장'이라는 집에서 지냈는데, 이 집은 조선총독부 건물을 등지도록 북쪽으로 지었어요. 일본 총독부 쪽으로는 문도 열지 않겠다는 의지를 표현한 거죠. 이렇게 시인은 말보다 행동으로 자신의 뜻을 보여 줬어요.

〈나의 꿈〉은 그런 시인의 성격이 잘 드러나는 작품이에요. 이 시에서 화자는 '당신'을 위해 무엇이든 되고 싶다고 말해요. 새벽에 걷는 당신을 비추는 별이 되거나, 여름 더위를 식혀 주는 바람이 되거나, 조용한 밤에 글을 읽는 당신 곁에서 울어 주는 귀뚜라미가 되고 싶다고 해요. 수호천사처럼 당신을 지켜 주죠. 수호천사란 자신이 수호하는 존재를 안전하게 보호하고 '선'으로 이끄는 존재를 말해요. 보호하는 존재가 편안하고 안전할 수 있도록 최상의 환경을 제공해 주는 게 수호천사의 존재 이유죠. 보호하는 존재에게 무언가를 요구하지도, 바라지도 않은 채 제 존재를 지우고 묵묵히 도와요.

이 시에 나오는 '당신'은 화자가 사랑하는 사람일 수도 있지만, 시인이 살았던 시대를 생각하면 다른 의미로도 읽을 수 있어요. 나라를 잃은 시기에 쓰였기 때문에 시 속 '당신'은 되찾고 싶은 조국일 수도 있어요. 또한 시인이 스님이라는 것을 생각하면 중생 또는 종교적인 깨달음이나 부처님일 수도 있어요.

티 내지 않고 돕는
헌신적인 사랑

이 시의 화자는 사랑하는 사람과 함께하지 못하는 상황에 처해 있어요. 하지만 슬퍼하고만 있지 않아요. 화자는 '나'라는 존재를 드러내지 않고 '당신'에게 필요한 존재가 되겠다고 해요. 이런 화자의 성격을 MBTI 관점에서 분석해 보면 ISFJ 유형에 가깝다고 볼 수 있어요.

ISFJ형은 말보다 행동으로 헌신하는 유형이에요. 눈앞의 현상을 파악하고 일들을 성실하게 수행하며 타인의 감정을 잘 살피고 따뜻하게 대하지만 생색내지 않아요. 즉 조용하게 타인을 배려하고 헌신하는 따뜻한 마음을 가진 사람이죠.

이런 선택은 쉬운 게 아니에요. 보통은 사랑하는 사람에게 자신의 존재를 드러내고 싶어 하니까요. 자신의 마음을 직접 표현하고 상대가 자신의 헌신과 희생을 알아주길 바라죠. 그런데 화자는 이런 마음을 접고 '당신'의 삶에 방해가 되지 않은 채 위안이 되고, 도움이 되는, 쓸모 있는 존재가 되고 싶다고 해요. 사랑하는 사람이 자신을 몰라도 괜찮아요. 이걸 보면 화자는 참 섬세하고 배려심 깊은 사람이죠.

무엇보다 화자는 시간이 변하고, 계절이 바뀌면 그때마다 '당신'이 필요로 하는 존재로 바뀌어요. 자신의 존재 목적이 '당신'을 보호하고 지켜 주는 것이기에 자신의 본질은 중요하지 않아요. 그렇다고 '당신'에게 인정받거나 칭찬받고 싶은 마음도 없어요. 그래서 '당신'이 자신의 존재를 몰라도 외롭거나 슬프지 않아요. 화자의 존재 이유는 '당신'의 편안함과 안전이기 때문이에요.

조건 없이 희생하여
사랑하는 ISFJ형

MBTI 유형	유형별 특징	작품 속 표현
I 내향형	사랑하는 존재가 필요로 할 때 적재적소에서 도움을 주지만 이를 알리려고 하지 않음.	"맑은 새벽에 나무 그늘 사이에서 / 산보할 때에" "여름날에 더위를 못 이기어 / 낮잠을 자거든" "가을밤에 그윽히 앉아서 / 글을 볼 때에"
S 감각형	현실적이고 구체적인 정보를 중심으로 구체적인 시간, 공간, 상황을 통해 마음을 표현하며 감각을 중시함.	"맑은 새벽" "여름날에 더위" "가을밤"
F 감정형	화자 자신의 이익보다 사랑하는 사람을 배려하고 자신을 낮춤.	"작은 별이 되어서 / 당신의 머리 위를 지키고 있겠습니다" "맑은 바람이 되어서 / 당신의 주위에 떠돌겠습니다" "귀뚜라미가 되어서 / 책상 밑에서 '귀똘귀똘' 울겠습니다"
J 판단형	충동적으로 행동하지 않고, 관찰한 후 화자가 필요한 것을 생각하고 더 잘 이해하게 함. 또한 '새벽-낮-밤'의 시간 순서도 질서 있게 구성하여 충동적인 감정보다 미리 생각하고 정리된 계획에 따라 행동함.	'당신이 -할 때, 나의 꿈은 -가 되어서 -하겠습니다'가 반복되는 문장 구조

화자는 헌신적이고 다정한 사람이에요. 새벽엔 별, 여름낮엔 바람, 가을밤엔 귀뚜라미로 변신해요. 하지만 모습이 바뀌고 시간이 지나도 화자는 다양한 방법으로 당신을 챙겨요. 너무나 일상적이지만 꼭 필요한 존재가 돼 그 주변을 맴돌죠. 여러분 주변에도 이런 사람이 있을 거예요. 티 내지 않고 조용히 곁을 지키고 챙겨 주는 친구나 가족. 아니면 여러분 자신이 ISFJ형일지도 모르겠네요.

어휘

〈나의 꿈〉은 일상적으로 쓰이는 말로 자신의 그리움과 사랑을 표현한 시죠. 하지만 시를 읽을 때 어휘의 속뜻을 이해하면 훨씬 더 시를 잘 이해할 수 있어요. 표면적으로는 짧고 쉬운 단어지만, 그 속에는 시인의 진심과 상징이 담겨 있거든요. 〈나의 꿈〉의 시어들은 화자의 사랑과 헌신을 이해하는 열쇠가 됩니다. 어휘를 통해 시가 전하는 사랑의 모습과 그 안에 담긴 정서를 훨씬 더 깊이 있게 느낄 수 있어요.

| 꿈 | 곁에 머물고 싶은 희망과 동경, 이상을 뜻하며 화자의 마음을 전하는 통로이자 사랑의 상징 |

작은 별	어둡고 컴컴한 밤, 화자를 지켜 주는 존재
맑은 바람	더운 여름, 더위를 식혀 주는 존재
귀뚜라미	외롭고 쓸쓸한 가을, 당신의 외로움을 달래 주는 존재

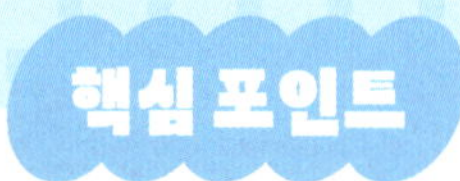

> **"**
>
> 사랑하는 이를 위한 희생과
> 헌신을 다짐한 이 시는 **화자의 태도**나
> **문학을 감상하는 방법**과 관련해서
> 출제가 돼요. 어떤 식으로 출제될지
> **핵심**을 파악해 봅시다.
>
> **"**

상징

이 시에서 화자는 "작은 별", "맑은 바람", "귀뚜라미"처럼 눈에 띄지 않는 존재로 당신 곁에 머물면서 도움이 되길 바라죠. 이처럼 자신의 마음을 구체적이고 객관적인 상관물에 담아서 '당신'을 지키고 보호하겠다는 마음을 상징적으로 드러내요. 또한 자신의 분신이기도 한 존재들은 '당신' 곁에 조용히 동행하죠.

시의 어조

이 시는 높임말에 자신의 마음을 공손하게 담아 표현해요. 어미 '-겠-'은 미래를 뜻하기도 하지만, '-을 하겠다'는 다짐의 의미도 있어서 화자의 강한 의지와 진심 어린 마음을 알게 해 주죠. '주어+목적어+서술어'의 산문 구조에 리듬감을 담아 감정의 밀도를 유지해요.

가정법의 반복

이 시에서는 '당신이 -할 때, 나의 꿈은 -이 되어서 당신의 -하겠습니다'는 가정 표현이 반복돼요. 또한 '지키겠습니다', '떠돌겠습니다', '울겠습니다' 같은 동사를 이용해 자신의 의지와 한결같은 태도를 강조해요. 이런 반복은 시의 운율을 만들고, 화자의 헌신적 태도도 느끼게 해 줘요.

문학을 읽는 법

마지막으로 시를 더 잘 이해하려면 '문학작품을 해석하는 방법'을 알아 두는 게 좋아요. 먼저 시에 나온 문장과 표현을 바탕으로 분석할 수도 있어요. 이걸 '절대론적 관점'이라고 해요. 이 관점에서 보면 이 시는 '당신'에 대한 사랑으로 읽을 수 있어요.

또, 작품 외에 작가의 삶을 바탕으로 해석할 수 있어요. 이 시를 쓴 만해 한용운은 스님이자, 시인이고, 독립운동가였어요. 따라서 여기서 "님"은 사랑하는 사람이자, 조국, 부처, 또는 모든 중생으로 이해할 수도 있답니다. 그렇게 되면 시의 주제도 여러 가지로 해석할 수 있게 됩니다. 이를 외재적 관점 중 '표현론적 관점'이라고 해요.

함께 읽으면 좋은 작품

· 이재환, 방상호 그림, 《나다움 쫌 아는 10대: 데카르트vs레비나스》, 풀빛, 2021
· 한용운, 《한용운 시집》 속 〈나룻배와 행인〉, 리플레이, 2025

① 한용운의 시 <나의 꿈>은 상대의 행복이 삶의 목적입니다. 이런 관계가 가능한지 토의해 보세요.

② '화자의 태도 따라잡기' 글쓰기 활동을 해 보세요. 자기 주변의 소중한 사람들에게 필요한 게 무엇인지 관찰하고 그 사람을 위한 존재로 변신하는 패러디 글을 써 보는 거예요. 이 활동을 통해 타인을 관찰하고 공감하는 능력을 기를 수 있습니다.

③ 나라를 위해 헌신하고 희생했던 사람들을 생각하며 "진정한 헌신이란 어떤 것일까"로 자유롭게 토의해 보세요. 이를 바탕으로 삶의 방향성과 공동체 속의 나와 타인을 함께 고민할 수 있어요.

기다림 끝에
피는 꽃

모란이 피기까지는

김영랑

모란이 피기까지는

나는 아직 나의 봄을 기다리고 있을 테요

모란이 뚝뚝 떨어져 버린 날

나는 비로소 봄을 여읜 설움에 잠길 테요

오월 어느 날 그 하루 무덥던 날

떨어져 누운 꽃잎마저 시들어 버리고는

천지에 모란은 자취도 없어지고

뻗쳐오르던 내 보람 서운케 무너졌느니

모란이 지고 말면 그뿐 내 한 해는 다 가고 말아

삼백예순날 하냥 섭섭해 우옵내다

모란이 피기까지는

나는 아직 기다리고 있을 테요 찬란한 슬픔의 봄을

여러분은 어떤 날을 간절히 기다려 본 적 있나요? 예를 들어 방학, 소풍, 좋아하는 아이돌 콘서트 같은 특별하고 소중한 날 말이에요. 김영랑 시인의 시 〈모란이 피기까지는〉은 그런 '기다림'에 관한 이야기예요.

이 시에서 '모란'이라는 꽃은 그냥 예쁜 꽃이 아니에요. 자신의 삶에서 가장 소중한 것을 뜻해요. 그건 꿈일 수도 있고, 사랑일 수도 있고, 행복한 순간일 수도 있어요. 화자는 시의 첫 구절에서 이렇게 선언해요. 다음 모란이 필 때까지 일 년 내내 기다리겠다고요. 이 말은 '진짜 봄', 즉 내가 진짜 행복해지는 순간은 아직 오지 않았고, 그때까지 나는 계속 기다릴 거라는 말이에요.

하지만 그렇게 염원하던 모란이 순식간에 피었다가 져요. 그 모란이 모두 지면 화자는 좌절하고 슬픔에 빠져요. 그리고 그날부터 모란이 피는 날을 기다리기로 해요. 자연은 늘 순리에 따라 흘러가고 결국 봄은 다시 오니까요. 그러니 봄, 그것도 모란이 피는 황홀한 그때는 운명처럼 다시 올 거라 믿고 삼백육십 날을 울어요. 모란이 피지 않은 날들은 의미 없는 날들이니까요.

이 시를 쓴 김영랑 시인은 전라남도 강진에서 태어났어요. 그는 '시문학파'라는 시 모임에서 활동했죠. 시문학파는 자연의 아름다움을 고운 우리말로 표현하는 시인들의 모임이에요. 〈모란이 피기까지는〉에서도 우리말의 아름다움을 느낄 수 있죠. 이 시는 기다림을 이야기하는 시예요. 그리고 그 기다림마저도 소중한 시간이라고 말하고 있어요.

슬픔도
꽃처럼 피는 날

〈모란이 피기까지는〉에서 화자는 일 년에 한 번만 오는, 황홀한 순간을 기다리고 또 기다리죠. 하지만 아직 그 시간은 쉽게 오지 않아요. 화자가 그렇게 슬픈 이유는 '모란이 져서'라기보다는 황홀한 그 순간이 너무 짧기 때문이에요. 화자의 삶 속에 '모란이 핀 그 순간'은 절대적인 시간이자 절대적인 아름다움, 절대적으로 황홀한 순간이자 생의 유일한 기쁨이에요.

그래서 화자는 눈에 보이지 않는 시간을 묵묵히 견디며 모란이 피기를 기다려요. 이런 성향은 MBTI 성격 유형 중 INFJ와 비슷한데, 사소한 것도 흘려보내지 않고 곱씹으며 생각하기 때문이에요.

아름다움은 반드시 사라진다는 걸 알아요. 그럼에도 그것이 화자의 삶에서 '보람'이기에, 슬픔을 감수하면서 그 대상에게 제 삶의 전부를 걸죠. 눈앞에 드러난 것보다 그 뒤에 숨겨진 의미를 들여다볼 줄 알고, 현실보다 가능성과 의미에 더 집중하기 때문이에요.

또한 꽃이 졌다고 슬픔에만 빠져 있지 않아요. 다시 필 거라는 자연의 순환을 받아들여요. 좌절하지만 희망을 잃지 않고, 감정을 절제한 채 봄을 기다리죠. 따라서 화자는 현실의 상실과 허무를 인정하면서도 희망의 순간을 기다리는 의지적이고도 비극적인 인물이에요.

MBTI 유형	유형별 특징	작품 속 표현
I 내향형	외부 세계보다 자신의 내면에 집중, 사람들과 상호작용하기보다 혼자 자신의 슬픔을 곱씹음. 에너지를 외부에서 얻기보다 자신만의 세계에 몰입하여 충전함.	"나는 아직 나의 봄을 기다리고 있을 테요" "나는 비로소 봄을 여읜 설움에 잠길 테요"
N 직관형	감각적인 묘사보다 비유로 감정의 본질을 탐색하며 보이지 않는 의미에 집중.	"나는 아직 나의 봄을 기다리고 있을 테요" "뻗쳐오르던 내 보람"
F 감정형	시 전체가 감정을 중심으로 움직이며, 그 감정은 슬픔과 그리움, 아쉬움 등 섬세한 감정선으로 연결되고 때로는 과장돼 표현하기도 함.	"나는 비로소 봄을 여읜 설움에 잠길 테요" "내 한 해는 다 가고 말아" "삼백예순날 하냥 섭섭해"
J 판단형	화자는 봄과 모란이 지는 과정을 순환의 일부로 인식, '기다림'의 시작과 끝을 명확하게 설정함.	"모란이 피기까지는 / 나는 아직 나의 봄을 기다리고 있을 테요" "모란이 피기까지는 / 나는 아직 기다리고 있을 테요 찬란한 슬픔의 봄을"

이 시의 화자는 겉으로는 조용하고 차분해 보여도 그 내면에 서는 뜨거운 감정이 휘몰아치고 잦아드는 역동적인 사람이에요. 다른 사람이 보기에 사소하고 작은 것에서도 자기만의 의미를 찾으려는 성향이 크다고 할 수 있어요.

어휘 

이 시는 '모란이 피는 것'을 중심으로 전개돼요. 여기서 "봄"과 "모란"이 뜻하는 건 생각하기에 따라 다양하게 해석될 수 있어요. 이런 걸 우리는 상징이라고 하죠.

모란	화자에게 봄이자 보람, 즉 화자가 '기다려 온 순간'이 자 '소중한 보람', '삶의 소망'
있을 테요· 잠길 테요· 무너졌느니	봄을 기다리는 슬프고 어둡지만 섬세하고 부드러운 화자의 마음

아직	어떤 일이나 상황이 진행형일 때 쓰는 말로, '모란이 피기를 기다리는' 화자의 마음이 계속될 것을 의미
뚝뚝	음성모음 'ㅓ, ㅜ'를 사용한 의성어로 화자의 속상함과 슬픔을 선명하게 드러냄
삼백예순날	모란이 졌을 때 화자의 안타까움과 슬픔의 깊이를 드러내며 기다림 강조
여읜	'잃은', '사라진'이라는 뜻으로, 모란이 지고 나서의 텅 빈 공허함을 닦아 주고 보듬어 주는 따뜻하고 깊은 마음
찬란한 슬픔의 봄	'찬란하다'는 말은 '빛깔이나 모양 따위가 매우 화려하고 아름답다, 일이나 이상 따위가 매우 훌륭하다'라는 뜻. 그런데 그 뒤에 '슬픔'이라는 단어가 붙은 역설적 표현

"

<모란이 피기까지는>은 애절한
감정을 아름답게 표현한 시로, **역설과
과장** 등 **수사법**이 단골로 출제되는 시예요.
어떻게 작가가 **자신의 감정**을 다양한
수사법에 담아냈는지 살펴보아요.

"

시간의 순환 구조

〈모란이 피기까지는〉의 구조부터 살펴볼까요? 이 시는 시간의 순환 구
조로 이루어져 있어요. 시간은 과거에서 현재, 미래로 흘러가며 봄, 여
름, 가을, 겨울, 다시 봄으로 순환하죠. 이 시 역시 이런 시간의 흐름에
따라 전개되고, 그 전개에 따라 화자의 감정도 '꽃 피기를 기다림 → 꽃
피면 황홀해짐 → 꽃 지면 슬픔 → 다시 꽃 피길 기다림'으로 순환해요.
시의 정서와 주제를 형식에 담아 표현한 거예요. 이렇듯 시인들은 시의

구조, 전개 방식으로 전체 분위기를 만들고 화자의 정서와 주제를 효과적으로 전달하기도 해요.

운율

'모란'이라는 낱말이 여러 번 반복돼 운율이 만들어져요. 첫 행과 마지막 행을 반복한 수미상관 구조예요. 이런 구조는 형태적 안정감을 주고 운율을 만들죠. 그뿐만 아니라 각각의 시행들이 위, 아래로 두 개씩 짝을 이뤄 운율이 완성됩니다. 이렇게 유사한 문장구조의 반복은 일정한 리듬을 만들고, 무엇보다 'ㄴ, ㄹ, ㅁ, ㅇ'의 울림소리로 시어를 읽으면 물 흐르듯 부드러운 느낌을 줍니다. 이런 반복은 단순히 음악적인 효과뿐 아니라 화자의 정서도 부드럽게 전달해요.

역설과 모순어법

'역설'은 시험에서 단골로 출제되는 문제예요. "찬란한 슬픔의 봄"에서 '찬란한'과 '슬픔'은 서로 대립되는 말이죠. 이처럼 앞뒤가 맞지 않는 단어를 쓰는 걸 '모순어법'이라고 해요. "결별이 이룩하는 축복", "행복한 이별", "소리 없는 아우성", "사소한 기다림", "달콤한 독" 등이 역설에 해당돼요.

시어와 어조

이 시는 세련된 어조와 부드러운 어조로 문학의 아름다움과 섬세함을 느낄 수 있어요. 특히 '-ㄹ 테요'를 반복해서 사용해 운율도 형성하고 화자의 정서를 부드럽게 전달하죠. 독백체의 어조로 화자는 자신의 정서를 드러내요. 특히 "떨어져", "시들어"처럼 하강하는 이미지의 시어를 사용해 비극적인 분위기를 조성해요.

슬픔의 극대화

"뚝뚝"처럼 모란이 지는 모습을 음성상징어로 표현했어요. 모란이 지는 모습을 보고 화자가 느끼는 절망감을 감각적으로 표현한 거예요. 또한 모란이 피지 않은 "삼백예순날 하냥 섭섭해 우옵내다"라는 표현은 과장법이에요. 사람이 일 년 내내 울면서 지낼 수는 없잖아요. 이는 꽃이 떨어진 뒤 다시 찾아올 '개화'에 대한 간절한 기다림을 드러내요.

함께 읽으면 좋은 작품
· 미하엘 엔데, 《모모》, 한미희 옮김, 비룡소, 1999
· 황지우, 《게 눈 속의 연꽃》 속 〈너를 기다리는 동안〉, 문학과지성사, 1991

1 이 시를 바탕으로 '과정보다 결과가 더 중요한가'를 쟁점 삼아 "과정보다 결과가 우선인지" 아니면 "결과보다 과정이 중요한지" 토론해 보세요.

2 시 속 표현인 '찬란한 슬픔의 봄'을 주제로 나만의 짧지만 간절한 기다림의 순간을 다양한 심상과 역설적 표현을 이용해 써 보세요.

3 '내가 느끼는 시간'을 표로 만들어 봐요. 예를 들어 '게임할 때의 1시간은 실제 느낌 5분'과 같은 식으로 자신만의 시간표를 만들어 보는 거예요. 느리게 가는 시간과 빠르게 흘러가는 시간의 차이를 나만의 언어로 표현해 보는 것도 좋아요.

사나운 겨울을 이기고
깨어난 봄의 축제

3월

아침부터

펑 펑

봄눈이 내리더니

(줄임)

파란 싹들이

왁자지껄

일어나 있다.

· 오규원, 〈3월〉 중에서

겨울에서 봄,
생명이 깨어나는 순간

　오규원의 〈3월〉은 겨울에서 봄으로 넘어가는 그 찰나를 포착한 한 편의 동화 같은 시예요. 앞에서 본 〈모란이 피기까지는〉에서는 화자가 울면서 '봄'을 기다렸지만 이 시는 아니에요. 봄이 오는 그 장면을 생동감 있고, 발랄하게 표현했어요. 오규원 시인은 눈앞에 보이는 생생한 이미지, 그 자체를 담아내려고 애쓴 시인이에요. 그래서 이 시에도 화려하게 꾸며 낸 말들보다 그림을 그리듯 선명한 풍경을 우리에게 있는 그대로 보여 줘요. 모든 생명이 죽은 것처럼 새하얀 눈 속에 파묻혀 있다가 마법처럼 '짠'하고 나타난 순간을 따뜻한 시선으로 포착해 시로 풀어내죠.

　시 속 '3월'은 두 얼굴을 하고 있어요. 3월인데도 아침부터 펑펑 눈이 내려요. 산과 들은 이불을 덮고, 온 세상이 곤히 잠들어 있고 물소리마저 그 단잠을 깨우지 않으려고 조용하게 흐르죠. 눈 덮인 3월은 고요하고 평화로워요.

　하지만 세상이 찬란하게 빛나는 점심이 되자 햇살이 이불을 '좌아악' 걷어 가요. 새하얀 눈이 걷힌 그 자리에는 겨우내 숨죽이고 있던 파란 싹들이 마치 늦잠을 자다 깬 아이들처럼 '왁자지껄' 하게 뛰어나와요. 정적인 분위기에서 활기찬 동적인 풍경으로 바뀌어요. 그것이 겨울에서 봄으로 넘어가는 3월의 모습이에요.

오규원의 〈3월〉은 단순히 계절이 바뀌었다는 사실을 전하는 시가 아니에요. 겨우내 긴 잠을 자던 생명의 기운들이 그 긴긴 겨울잠에서 깨어나 얼마나 요란하게 세상 밖으로 나오는지를 보여 주는 감동적인 장면을 잡아낸 시랍니다. 3월의 봄이 얼마나 사랑스럽고 활기찬 계절인지 다시 한 번 깨닫게 해 주죠.

봄이 오는 그 찰나, 그 소란을 담는 INFP형 화자

이 시의 화자는 소란스러운 세상 뒤편에서 조용히 세상을 응시하는 열정적인 중재자, INFP 유형의 사람이에요. 보통 사람들은 화려하게 핀 봄꽃이나 따뜻한 햇살, 훈훈한 바람에 환호하죠. 하지만 이 시 속 화자는 그 눈부신 봄을 맞이하려면 깊고 고요한 겨울 시샘마저도 즐겁게 견뎌야 한다는 걸 알려 줘요.

3월이면 매화꽃도 피고 지고, 진달래꽃이 피면서 '정말 봄인가 봐' 하며 사람들이 안도할 때잖아요. 하지만 꽃샘추위라는 말처럼 이 시에는 3월에도 눈이 내렸어요. 화자는 때늦은 눈을 보며 춥다거나 골치 아프게 됐다고 투덜거리지 않아요. 오히려 그 차가운 눈을 산과 들이 덮고 자야 할 포근한 "하얀 이불"이라고 표현하죠. 그리고 골짜기를 흐르는 물소리를 세상을 재우는 "자장가"로 표현해요.

우리 삶에도 시련이나 슬픔 같은 '겨울'이 오죠. 누구나 부정하고만 싶고, 견디기 힘든 그 시간을 화자는 긍정적으로 받아들여요. 우리가 내면을 단단히 하고 성장시키기 위해 꼭 필요한 '잠'의 시간이라고 받아들이는 거죠.

그 깊은 잠을 자야만 비로소 진짜 생명이 깨어날 거라 믿는 거예요. 화자는 햇살 비치고 눈이 녹는 그 자연스러운 변화를 거스르지 않고 유연하게 즐겨요. 그토록 간절하게 바랐기에 '아이들처럼 왁지지껄' 새싹들이 튀어나올 수 있었던 거라고요.

매서운 추위의 끝,
3월을 생생하게 담는 INFP형

MBTI 유형	유형별 특징	작품 속 표현
I 내향형	세상 속 본질을 있는 그대로 보기 위해, 자연 그 자체를 조용히 응시하며 관조적인 태도로 세상을 봄. 자신의 해석보다 자연의 모습을 있는 그대로 표현.	"아침부터 / (줄임) / 봄눈이 내리더니" "골짝을 / 타고 내리는 물소리만"
N 직관형	눈에 보이는 현상을 자신의 관점에 따라 해석하고 상상력을 더해 새로운 의미를 부여함.	"하얀 이불을 덮고 / 잠이 들었다" "잠자리에서 뛰어나온 / 아이들처럼"
F 감정형	대상을 논리적으로 판단하거나 보지 않고 온기를 지닌 생명체로 대함.	"산과 / 들이 / (줄임) / 잠이 들었다" "파란 싹들이 / 왁자지껄 / 일어나 있다"
P 인식형	인위적으로 통제하려 하지 않고, 자연의 흐름에 따라 인식하고 표현함.	"다시 아침이 오고 / 해가 떠오르더니"

이 시의 화자는 "당신의 삶에 찾아온 차가운 눈(슬픔)을 두려워하지 마세요. 그건 당신을 잠시 쉬게 하는 따뜻한 이불일지도 몰라요"라고 말하고 있어요. 그늘이 있어야 햇빛이 더 눈부시고 긴

침묵이 있어야 아이들의 웃음소리가 더 반가운 것처럼 말이에요. 겨울의 고요함과 봄의 소란스러움을 모두 껴안을 줄 아는 화자의 성숙한 태도는 우리가 타인의 상처를 어떻게 보듬어야 하는지, 그리고 우리 자신의 인생을 어떤 눈으로 바라봐야 하는지를 가르쳐 줘요. 이것이 바로 시인이 3월 풍경 속에 숨겨 둔 진짜 사랑의 방식이 아닐까요.

어휘 

〈3월〉에는 의성어나 의태어처럼 감각적으로 표현한 음성상징어가 많이 나와요. 또한 시적 허용으로 장면을 더 생생하게 표현했답니다.

| 펑 펑 | 눈이나 물 따위가 세차게 내리는 모양. 이걸 의도적으로 띄어 써서 눈이 굵게 천천히 내리는 느낌을 살림 |

나즉 나즉　‘나직나직’의 비표준어로 물소리가 낮고 부드럽게 들리도록 표현해서 시의 운율을 살림

좌아악　‘좍’의 비표준어로 어떤 일이나 행동 따위가 한꺼번에 이루어지는 모양. 겨울이 순식간에 사라지는 역동성을 담음

왁자지껄　여럿이 정신이 어지럽도록 시끄럽게 떠들고 지껄이는 소리. 조용했던 자연이 파란 싹을 틔우며 시끌벅적해진 봄의 활기를 청각적으로 표현

이 시는 겨울과 봄이 교차하는
3월의 풍경을 감각적으로 그려냈어요.
시인이 3월의 변화를 어떤 방식으로
포착했는지, 그 안에서 어떤 문학적 기법과
개념이 숨어 있는지 함께 살펴봐요.

서정 갈래와 운율

우리는 시를 서정 갈래라고 해요. '서정 갈래'는 개인의 정서나 생각을 함축적이고 운율이 있는 언어로 표현한 문학 양식을 말해요. 이런 서정 갈래의 가장 큰 특징은 운율이나, 심상, 비유 등을 활용해서 주제를 드러내는 거예요. 이런 시의 구성 요소들이 잘 결합되어 시 고유의 아름다움을 만들어 내죠. 그중에서도 산문과 시의 가장 큰 차이는 말의 리듬, 즉 '운율'이 있다는 거예요. 〈3월〉에도 뚜렷한 운율을 느낄 수 있죠. 이 시는 전반부와 후반부가 반으로 접으면 딱 포개질 것처럼 닮았어요. 1연의 '-이 -더니'와 5연의 '-가 -더니'를 보세요. 어때요? 비슷한 문장구조가 반복되고 있죠? 2연과 6연도 마찬가지랍니다. 이렇게 비슷한 문장 구조를 반복해 대칭적으로 내용을 구성하면 운율이 만들어지고 구조도 안정적으로 느껴져요. 1~4연은 겨울 느낌이고 5~8연은 봄의 느낌이지만 이런 공통적인 형식으로 통일감이 느껴져요.

시상 전개

또 이 시는 시간의 흐름에 따라 시상을 전개하고 있어요. 아침(눈 옴) → 점심(눈 쌓임) → 밤(물소리)→ 다시 아침(해 뜸) → 점심(눈 녹음/새싹)의 순서로 이어지죠. 중요한 건 이 시간의 흐름에 따라 분위기가 달라진다는 거예요. 1~4연인 전반부는 눈 내려 온 세상이 하얀 이불을 덮고 잠든 것처럼 고요하고 정적인 분위기라면, 5~8연인 후반부는 눈이 녹고 새싹들이 아이들처럼 왁자지껄하게 깨어나는 생동감 넘치고 활기찬 분위기를 만들어요.

은유

비유는 표현하려는 대상을 빗대어 표현하는 기법이에요. 이 시는 'A는 B이다'처럼 '산과 들에 쌓인 눈'을 "하얀 이불"에 빗대는 '은유법'을 써서 눈의 포근함을 표현했어요. 또한 "물소리"를 "자장가처럼", "파란 싹"은 "아이들처럼"에 빗대어 직유법을 썼어요. '직유법'은 보조관념에 '처럼/같이/듯이/인 양'을 사용해 원관념을 표현하는 수사법을 말해요. 무엇보다 산과 들이 이불을 덮고 "잠이 들었다"거나 파란 싹들이 "왁자지껄 일어나 있다"고 쓰며 자연을 생명력 있는 사람처럼 표현했어요.

□ ■ □

감각적 심상

마지막으로 이 시는 감각적인 심상이 돋보여요. 시각적으로는 하얀 눈과 푸른 새싹의 색채 대비로, 봄을 선명하게 보여 줘요. 청각적으로 조용한 물소리와 아이들이 왁자지껄 떠드는 큰소리의 대비를 통해, 고요한 겨울잠에서 깨어난 봄의 생명력을 효과적으로 드러내고 있답니다. 게다가 의태어와 의성어 같은 음성 상징어로 재미와 리듬을 더하죠.

함께 읽으면 좋은 작품

· 정호승, 《사랑하다가 죽어버려라》 속 〈봄길〉, 창비, 1997
· 고재종, 《혼자 넘는 시간》 속 〈첫사랑〉, 문학들, 2025

1 제목을 '7월'이나 '11월'의 계절로 바꿔 볼까요? 봄에서 여름, 가을에서 겨울로 넘어가는 계절의 변화를 포착해서 시로 표현해 보세요.

2 이 시는 초반과 후반이 전혀 다른 반전 매력이 있죠. 이 시처럼 분위기가 순간적으로 바뀌는 장면을 포착해서 시를 써 보세요. 조용했던 수업 시간에서 왁자지껄한 쉬는 시간으로 바뀌는 순간을 포착하거나, 긴장감이 가득 찬 시험 시간에서 막 시험이 끝난 순간을 표현해 보세요.

3 일기를 쓸 때, 지시적이고 사전적인 문장을 함축적이고 비유적인 문장으로 바꿔 보세요. '학교 정문이 활짝 열려 있었다'를 '학교 정문이 / 하품하는 거인의 입처럼 활짝 벌렸다 / 악어새를 맞이하는 악어처럼 입을 쫙 벌리고 있었다 / 귀신의 집 입구처럼 으스스하게 열려 있었다'같이 그날의 기분에 따라 다르게 표현해 보세요.

그늘을 품은 사람,
눈물로 빛나는 사람

내가 사랑하는 사람

정호승

나는 그늘이 없는 사람을 사랑하지 않는다

나는 그늘을 사랑하지 않는 사람을 사랑하지 않는다

나는 한 그루 나무의 그늘이 된 사람을 사랑한다

햇빛도 그늘이 있어야 맑고 눈이 부시다

나무 그늘에 앉아

나뭇잎 사이로 반짝이는 햇살을 바라보면

세상은 그 얼마나 아름다운가

나는 눈물이 없는 사람을 사랑하지 않는다

나는 눈물을 사랑하지 않는 사람을 사랑하지 않는다

나는 한 방울 눈물이 된 사람을 사랑한다

기쁨도 눈물이 없으면 기쁨이 아니다

사랑도 눈물없는 사랑이 어디 있는가

나무 그늘에 앉아

다른 사람의 눈물을 닦아주는 사람의 모습은

그 얼마나 고요한 아름다움인가

　정호승 시인의 〈내가 사랑하는 사람〉은 남녀 간 사랑을 노래한 시가 아니에요. 우리가 사랑해야 할 사람이 누구인지, 어떤 마음으로 살아가야 하는지를 알려 주는 시예요. 상처 입고 소외된 사람들을 애정 어린 눈으로 바라보며 더불어 사는 삶의 가치를 강조하는 시죠.

　시인은 그늘이 없는 사람을 사랑하지 않는다고 해요. 이 시에서 말하는 그늘은 더위를 식혀 주는 그늘이 아니에요. 남한테 말 못 하는 마음의 그늘, 다시 말해 남들에게 말 못 할 아픔이나 상처, 결핍, 슬픔을 뜻해요. 예를 들어 친구들과 어울리지 못해 점심밥을 혼자 먹어야 했거나, 교복 살 형편이 되지 않아서 몸에 맞지 않은 교복을 물려받아 창피했던 상처 같은 걸 말해요.

　또 시인은 눈물이 없는 사람도 사랑하지 않는다고 하죠. 눈물이 많다는 건 약하다는 뜻이 아니에요. 남의 아픔을 같이 아파하고 공감하는 마음을 가졌다는 뜻이에요. 친구가 속상해서 울고 있을 때 말없이 손잡아 주거나 선생님께 혼나고 힘들어 보일 때

옆에서 조용히 기다려 주는 친구, 이런 사람이 바로 시인이 말하는 '사랑할 수 있는 사람'이에요. 속이 깊고 따뜻한 사람이죠. 시인은 이런 사람을 고요하게 아름답다고 해요. 슬플 때 그저 옆에서 가만히 있어 주다 눈물을 닦아 주거나 따뜻하게 손잡아 주며 공감할 수 있는 사람인 거죠. 상처가 있지만, 상처 준 대상을 원망하고 미워하기보다 타인의 마음을 헤아리고 위로하고 또 아픔을 딛고 성장해서 햇살 같은 기쁨을 온전히 함께 나누고 즐길 수 있는 사람을 말해요.

시인은 말해요. 상처 입고 힘들어 보아야 주변 사람들의 아픔에 공감할 수 있다고요. 그래서 이 시를 읽으면 우리 안의 어두운 상처와 그늘이 창피하고 부끄러운 게 아니라 오히려 우리를 성장시키는 소중한 자양분이라는 걸 알게 되죠.

마음의 그늘을 이해하는 사람의 조용한 고백

이 시의 화자는 따뜻한 사람이에요. 다른 사람의 슬픔이나 아

품을 소중하게 대해요. 살아가면서 우리는 행복한 일만 겪지는 않죠. 친구들과의 관계에서 상처를 입을 수 있고, 속상한 일을 겪기도 해요. 화자는 그런 그늘과 상처가 삶을 온전하게 만들고, 타인의 깊은 상처를 돌보고 보듬을 수 있어야 한다고 말해요. 따라서 이 시의 화자는 MBTI 유형 중 INFP로 보여요. 사람 사이의 따뜻한 관계를 소중히 여기는 성향이죠.

SNS가 널리 퍼지면서 우리는 밝고 화려한 모습만 가치 있는 삶이라고 믿기 쉬워요. 하지만 화자는 밝고 멋지고 즐거운 것만 소중한 것이 아니라고 말하죠. '그늘'이 있어야 '햇빛'이 더 밝고, '눈물'이 있어야 '기쁨'도 진짜가 된다고 해요. 슬픔, 아픔, 그늘 같은 감정도 우리가 성장하는 데 꼭 필요한 부분이에요. 이런 성장은 사람을 성숙하게 만들고 주변을 따뜻하게 보살피게 하거든요.

그래서 이 시는 단순히 '누굴 좋아해요', '사랑해요'를 말하는 시가 아니라 어떻게 사랑해야 하는지, 어떻게 살아야 하는지를 알려 줘요. 시를 읽으며 우리는 스스로에게 질문을 던지죠. 나는 사람을 어떻게 좋아해야 하는지, 누군가에게 어떤 사람으로 남고 싶은지 말이에요.

상처와 고통 속 성장을
소중히 여기는 INFP형

MBTI 유형	유형별 특징	작품 속 표현
I 내향형	마음속으로 깊이 느끼고 생각했던 바를 담담하지만 강한 어조로 표현. 이는 사회적 기준이 아니라 '자신'의 기준에서 출발.	"나는 그늘이 없는 사람을 사랑하지 않는다" "나는 눈물이 없는 사람을 사랑하지 않는다"
N 직관형	"눈물", "그늘", "햇살" 등 상징적인 사물로 마음을 표현.	"한 그루 나무의 그늘이 된 사람" "한 방울 눈물이 된 사람"
F 감정형	옳고, 그름을 따지지 않고 상대의 마음을 먼저 이해하고 보듬을 수 있는 태도를 소중하게 여김.	"나무 그늘에 앉아 / 다른 사람의 눈물을 닦아주는 사람의 모습은 / 그 얼마나 고요한 아름다움인가"
P 인식형	열린 마음으로 모든 상황을 아우르고 유연하게 대처함.	"햇빛도 그늘이 있어야 맑고 눈이 부시다" "기쁨도 눈물이 없으면 기쁨이 아니다" "사랑도 눈물없는 사랑이 어디 있는가"

화자는 세상의 성공, 성취, 물질적 풍요보다 결핍, 실패, 고통, 아픔, 상처를 더 소중하게 여겨요. 친구가 속상해서 울고 있을 때 조용히 옆에 앉아서 아픈 이야기를 들어주고 공감하는 사람이 더

아름답다고 말하죠. 그렇다고 세상을 밝음과 어둠과 같이 흑백으로 나누는 건 아니에요. 기쁨과 슬픔, 햇빛과 그늘이 함께 있어야 진짜 의미가 있다고 말하는 거예요. 눈물 없는 사랑은 진짜 사랑이 아니고, 그늘이 있어야 햇빛도 눈부시다고요.

결국 삶의 굴곡과 상처를 모두 경험하고 성장해 타인을 배려하고 공감할 때 우리는 진정한 사람이 된다고 말하고 있어요. 여러분도 화자의 긍정적인 태도를 배우고 싶지 않나요?

어휘 

〈내가 사랑하는 사람〉에서는 우리가 일상적으로 쓰는 "그늘", "햇빛", "눈물", "기쁨", "아름다움" 같은 시어들이 특별한 의미를 갖죠. 시 속에서 어떤 의미를 갖는지 알면 시를 더 잘 이해할 수 있어요.

그늘	햇빛이 닿지 않아 어두운 곳을 뜻하는 말로, 아픔을 겪어야 삶의 소중함을 더 잘 안다는 의미

| 햇빛 | 햇빛이 제대로 빛나기 위해선 그늘이 있어야 한다는 의미 |

햇빛이 제대로 빛나기 위해선 그늘이 있어야 한다는
의미

눈물　슬픔이나 고통 때문에 눈에서 흘러나오는 물이란 뜻
이지만 여기서는 누군가의 아픔을 함께 느끼고 나눌
줄 아는 마음을 뜻함

아름다움　삶의 어두운 부분까지 받아들이고, 다른 사람의 눈물
을 닦아 주는 마음. 따뜻하고 깊은 마음

"

이 시는 **가난하고 고통받는** 사람들에 대한 **애정**, 또는 타인의 **고통과 슬픔**에 대한 **연민과 공감**의 **소중함**을 담고 있어요. 그래서 마음속에 그늘이 있고 **눈물 흘렸던 경험**이 있는 사람이 더 소중하고 아름답다고 말해요. 시험에서는 **시의 주제**를 가장 잘 드러내는 **문장** 또는 **화자**가 사랑하는 **사람의 조건**에 대해 물을 수 있어요.

"

대조

대조되는 시어로 짝을 이루죠. "그늘"과 "햇빛", "눈물"과 "기쁨", "사랑"은 서로 반대되는 의미의 시어예요. 이렇게 반대되는 말들을 함께 써서 그 의미를 더 뚜렷하게 보여 주는 걸 '대조'라고 해요.

시의 주제

이 시는 가난하고 고통받는 사람들에 대한 애정, 또는 타인의 고통과 슬픔에 대한 연민과 공감의 소중함을 담고 있어요. 그래서 마음속에 그늘이 있고 눈물 흘렸던 경험이 있는 사람이 더 소중하고 아름답다고 말해요. 시험에서는 시의 주제를 가장 잘 드러내는 문장 또는 화자가 사랑하는 사람의 조건에 대해 물을 수 있어요.

시의 구조

이 시는 1연과 2연으로 되어 있는데, 두 연 모두 '나는 ○○ 없는 사람을 사랑하지 않는다'와 같은 비슷한 문장구조를 사용해요. 대칭 구조로 돼 있어 시 전체에 안정감을 주고, 운율도 만들며, 대조적인 시어로 시상을 전개해 주제를 강조해요.

설의법과 반어법

이 시에는 설의법과 반어법이 모두 쓰였어요. 같은 문장을 반복하면서 화자의 마음을 강조하고, '-ㄴ가'로 의문문으로 표현했지만 사실은 자신의 생각을 강조하는 '설의법'이 쓰였어요. 그리고 '-을 사랑하지 않는

-을 -지 않는다'는 복잡한 문장은 상처 입어서 울어 본 사람이 더 소중하다는 뜻이 담겨 있어요. 이를 '이중부정'이라고 해요. '-없는 -을 -않는다'라고 두 번 부정하면서 강한 긍정의 효과뿐만 아니라 운율을 만들고, 의미도 강조해요. 참신한 표현이라 집중해서 읽게 되죠. 이렇게 겉말과 속뜻이 다른 수사법을 '반어법'이라고 해요.

□ ■ □

역설법

마지막으로 꼭 빠뜨리지 말아야 할 게 바로 역설법이에요. '역설'은 겉으로 보면 말이 안 되는 것처럼 보이지만, 그 안에 진실을 담는 표현법을 말해요. 햇빛은 원래 밝은 것인데 이 시에서는 그늘이 있어서 더 눈부시다고 해요. 말이 안 되는 것처럼 들리지만, 사실은 그늘이라는 아픔이 있을 때 밝음이 더 소중하다는 뜻이 담겨 있어요.

함께 읽으면 좋은 작품
- 손원평, 《아몬드》, 다즐링, 2023
- 임성미, 이홍명, 위영화, 이유미, 《왜 공감해야 하나요?》, 선스토리, 2025

1 이 시를 바탕으로 "아픔을 함께 나누는 사회가 왜 필요한가?"를 주제로 토론해 보세요. 예를 들어 "그늘과 눈물을 이해하고 껴안는 사람이 왜 소중할까?", "내가 어려울 때 누군가 곁에 있어 준 적이 있었나요?" 같은 질문을 바탕으로 조별로 생각을 나누고 발표해 보세요.

2 '내가 사랑하는 사람' 프로젝트를 주도적으로 진행해 보세요. 시인의 시선처럼 겉으로 멋있고 빛나는 사람보다 상처를 딛고 다른 사람의 아픔을 감싸 주는 사람을 떠올려 보는 거예요. 그 사람에게 편지를 쓰거나 '그 사람을 닮은 시'를 써 봅시다.

3 이 시를 바탕으로 '공감으로 세상을 바꾸는 사람들'을 주제로 진로 인터뷰를 진행해 보세요. 가족, 이웃, 학교 선생님 중에서 '남의 아픔에 공감하고 돕는 일을 하는 사람'을 찾아가 인터뷰해 보세요. 예를 들어 돌봄 선생님, 간호사, 상담사, 봉사 활동가 등 현실에서 조용히 '다른 이들의 눈물을 닦아 주는 사람'의 이야기를 듣고 정리해 보고서를 써 봅시다.

4장

세상을
바꿔야만 해

절망 속에서도
피어나는 꽃

꽃

이육사

동방은 하늘도 다 끝나고

비 한 방울 내리잖는 그때에도

오히려 꽃은 빨갛게 피지 않는가

내 목숨을 꾸며 쉬임 없는 날이여

북쪽 툰드라에도 찬 새벽은

눈 속 깊이 꽃 맹아리가 옴작거려

제비 떼 까맣게 날아오길 기다리나니

마침내 저버리지 못할 약속이여

한 바다 복판 용솟음치는 곳

바람결 따라 타오르는 꽃성에는

나비처럼 취하는 회상의 무리들아

오늘 내 여기서 너를 불러보노라

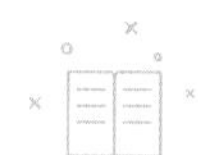

　이 시의 작가인 이육사의 본명은 이원록 또는 이원삼이에요. 1927년 조선은행 대구지점 폭파 사건에 연루돼 수인번호 264번으로 대구형무소에 수감되었던 독립운동가예요. 이육사라는 이름은 그때의 수인번호를 딴 이름이죠. 이육사는 독립운동을 하다 베이징 일본제국교도소에서 사망했어요.

　이육사의 〈꽃〉은 조국 광복을 꿈꾸며 목숨을 바치며 싸우던 시인이 그 꿈이 이뤄진 미래의 후손들에게 안부를 전하는 시예요. 어떤 시인지 살펴볼까요?

　〈꽃〉의 화자는 툰드라에 살아요. 툰드라는 어떤 곳일까요? 추울 때는 영하 30도까지 떨어져 땅 전체가 얼어 있고 해가 거의 뜨지 않는 극야 현상이 나타날 때도 있는 북극 주변을 말해요. 강수량은 매우 적고 생명의 기운은 찾을 수 없는 그곳, 눈 속 깊은 곳에 꽃봉오리가 움직여요. 아직 오지 않은 봄이 올 거라는 믿음 하나만으로 그 추위를 견디고 있죠. 꽃 피우겠다는 약속을 지키는 외침은 희망 사항이 아니라 반드시 지켜야 할 믿음이자 사명이에요.

생명조차 꿈꿀 수 없는 곳에서 화자는 꽃을 피우려 해요. 비록 자신은 그토록 기다리던 봄을 누리지 못할 수도 있겠지만, 자신의 동지들과 후손은 그 봄을 맞길 바라며 오늘의 '내'가 그들을 불러요.

"여기저기 꽃들이 성처럼 만발한 봄은 어때, 행복하지? 나의 동지들아, 후손들아!"

어때요? 다정한 이육사 선생님의 목소리가 들리는 것 같지 않나요?

고통 속에서 움트는 의지, 꽃으로 피어나다

〈꽃〉은 '불가능해 보이는 희망'을 노래하는 시예요. 언젠가 새하얀 눈이 녹고 푸름이 넘실거리는 내일을 꿈꾸며 생명이 자랄 수 없는 언 땅, 매서운 계절에 미래에 피어날 꽃, 그 희망을 포기하지 않는 노래입니다. 절망 속에서도 희망을 잃지 않으려는 화자의 의지를 담았습니다.

이 시를 읽으면 울컥하기도 하지만 든든하고 감사해요. 불모의 땅에서 피는 꽃처럼 힘든 상황에서도 힘내라고 동료들과 자신을 응원하는 시 같거든요. "당신 마음속 꽃이 언제 피어오를지는 모르겠지만 내일, 아니 조금 먼 미래일지 몰라도 반드시 필 거예요. 그 미래에서 웃을 당신을 위해, 당신이 지키고 싶은 소중한 사람들을 위해 우리 조금만 더 힘내요!"라고 말하는 것 같아요.

이런 화자의 태도는 MBTI 중 ENFJ에 가까워요. ENFJ 유형은 사람들 사이에서 의미 있는 관계를 만들고 자신의 말과 행동이 누군가에게 영향을 줄 수 있다고 믿거든요. 화자는 현실이 얼마나 혹독한지를 잘 알고 있지만, 그 속에서도 희망의 불씨를 전달하기 위해 목소리를 내요. 시의 문장을 보면 단순한 위로가 아니에요. 다른 사람에게 '함께 버티자'는 응원도 담고 있어요.

MBTI 유형	유형별 특징	작품 속 표현
E 외향형	자신의 생각을 마음속으로만 표현하지 않고 밖으로 표현하며 자신의 감정과 다짐을 숨기지 않고 힘 있게 말함.	"오늘 내 여기서 너를 불러 보노라" "마침내 저버리지 못할 약속이여"
N 직관형	눈앞의 현실만 바라보지 않고 미래에 벌어질 보이지 않는 가능성을 상상함.	"오히려 꽃은 빨갛게 피지 않는가" "제비 떼 까맣게 날아오길 기다리나니"
F 감정형	세상을 따뜻한 마음으로 바라봄. 자신만이 아니라 미래의 후손을 생각함. 가혹한 현실 속에서도 후손들을 위해 꽃을 피우며 미래에 올 봄을 기대함.	"나비처럼 취하는 회상의 무리들아" "오늘 내 여기서 너를 불러보노라"
J 판단형	지켜야 할 약속을 정해 놓고, 스스로 다듬고 준비하면서 앞으로 나아갈 방향을 정해 놓음.	"내 목숨을 꾸며 쉼 없는 날이여" "마침내 저버리지 못할 약속이여"

이처럼 화자는 자신이 믿는 가치를 다른 사람과 나누고 함께 세상을 바꾸고 싶어 하는 성향으로, 아마 늘 누군가의 어깨를 토

닥이며 함께 미래를 향해 나아가는 ENFJ로 보여요. "할 수 있어. 희망을 잃지 마"라고 말해 주는 사람. 힘들고 지칠 때 이 시가 위로가 됐다면 그건 바로 ENFJ 성향인 화자의 따뜻하고 씩씩한 공감 능력 덕분일 거예요.

〈꽃〉은 폭압의 시대에도 마음속에 희망을 꼭 쥐고 놓지 않겠다는 굳은 다짐을 선언하는 시예요. 화자의 목소리에는 나라를 사랑하는 마음, 쉽게 꺾이지 않는 용기, 그리고 더 나은 내일을 바라는 진심이 담겨 있다는 걸 알 수 있어요. 오랜 시간이 지났지만, 독립운동을 했던 화자의 굳센 의지가 현재까지도 우리에게 전해지는 듯해요. "진심으로 고맙습니다"라고 화답하고 싶어지는 시입니다.

어휘

이 시에 등장하는 어휘는 어려워 보일 수도 있어요. 하지만 시어들을 하나하나 살펴보면 시인이 살았던 시대의 슬픔과 그 안에서도 꺾이지 않으려는 마음을 확인할 수 있어요.

하늘	'나라', '역사'를 상징. "하늘도 다 끝나고"는 더 이상 기대할 수 없는 시대, 희망이 보이지 않는 상황, 자유도 꿈도 빼앗긴 세상을 상징
북쪽 툰드라	생명이 살 수 없는 땅
빨갛게	열정, 피, 저항, 희생 등 나라를 위해 싸우는 마음. 그 속에서 자라는 생명의 힘
꽃 맹아리	광복의 희망
제비 떼	광복을 알리는 전령. 미래에 올 광복
꽃성	광복이 온 조국의 모습

> **"**
> 시 속에 담긴 **강한 상징**과 **극적인 대비**,
> **감정**을 터뜨리는 **말투**까지 이 시에서
> 시험에 자주 나오는 **표현법**과
> **문학 개념**을 익혀 볼까요?
> **"**

△ ▼ △

선경후정

이 시는 한시에서 자주 쓰이는 구조인 '선경후정' 구조로 구성되었어요. 먼저 배경을 제시해 감정의 발판을 만들어 주고, 마지막 행에 화자의 정서를 드러내요. 시는 총 3연으로, 각 연의 앞부분 3행에서는 배경을, 마지막 행은 화자의 감정을 드러냅니다. 1연의 앞 3행에서는 일제강점기의 혹독한 상황을, 2연의 앞 3행에서는 혹독한 상황에서도 미래를 기다리는 희망을, 마지막 3연의 앞 3행에서는 마침내 찾아올 희망찬 미래를 담고 있어요. 또한 1연의 마지막 행은 미래의 그날을 간절히 기다리는 열망을, 2연의 마지막 행은 미래의 그날이 반드시 올 거라는 확신을, 3연의 마지막 행은 마침내 올 미래를 기다려요.

상징

이 시에서는 상징이 중요한 표현 방식으로 쓰였어요. '상징'이란 어떤 말이나 사물에 특별한 뜻을 숨겨서 표현하는 방법을 말해요. "동방"은 동쪽 끝 우리나라를 뜻하고, "꽃"은 절망 속 꺾이지 않고 자라는 희망과 끝까지 지켜야 할 믿음, 꿈을 뜻하고, "회상의 무리들"은 화자가 꿈꾸었던 세계에서 살아갈 미래의 우리를 말해요. 이처럼 이 시는 절망 속에서도 꺾이지 않는 희망과 강한 의지를 상징으로 표현해요.

대조

1, 2, 3연의 앞부분에는 툰드라의 상황을 묘사해요. 이 시어는 극한 상황을 표현하지만, 이와 대조되는 봄의 계절을 뜻하는 시어들은 극한 상황 속 생명력과 저항 의지, 현실을 극복하려는 의지를 표현하죠. 특히 이 시의 "꽃성"은 일제에서 벗어난 조국 광복을 뜻해요.

영탄법

각 연의 마지막에 '-이여'라는 어미는 감탄과 탄식을 담았어요. 이렇게 강하게 표현하면 시에 힘이 생기죠. 이런 시를 '의지적인' 시라고 해요.

.... △ ▼ △ ....

색채 대비

이 시는 시각적 이미지를 활용해 색채를 대비해서 표현했어요. '새하얗게 내린 눈', '빨갛게 피는 꽃', '까맣게 날아오르는 제비 떼'처럼, 부정적인 현실과 긍정적인 희망을 색채로 대비함으로써 강렬한 분위기를 만들어요.

.... △ ▼ △ ....

화자의 태도

시 속 화자는 현실을 비관하지 않고 오히려 객관적으로 인식하고, 희망을 찾기 위해 의지적이고 저항적인 태도를 보여요. 이는 각 연에서 보이는 정서의 변화에서도 드러나요. 1연에서 극한 현실을 인식하고, 이를 극복하려는 의지를 다지죠, 그리고 2연에서는 약속에 대한 믿음으로 기다리죠. 마지막 3연에서는 광복 후의 환희를 상상하고 '너'를 부르며 적극적으로 소망해요.

함께 읽으면 좋은 작품

· 윤동주, 《하늘과 바람과 별과 시》 속 〈별 헤는 밤〉, 보물창고, 2011
· 윤동주, 《하늘과 바람과 별과 시》 속 〈서시〉, 보물창고, 2011
· 장호철, 《독립운동가, 청춘의 초상》, 북피움, 2025

활동

1 일제강점기에 이육사가 어떤 방식으로 저항했는지 살펴보고, 무장 독립운동, 문화운동과 비교해 보세요. 여러분이 그 시대를 살았다면 어떤 방식으로 조국을 지켰을까 상상하며 짧은 글을 써 보세요.

---

2 약속을 지키기 위해 포기하지 않고 끝없이 싸우고, 끝내 꽃송을 피어 올리는 힘은 무엇일까요? 국민으로서 지켜야 할 도리나 책임이 무엇인지 토론해 보세요. 우리 사회에서 지켜야 할 핵심 가치를 말해 보는 거예요. 토론 전에는 시에서 말하는 '약속'이 어떤 의미인지, 왜 시인은 그것을 끝까지 지키고 싶어 했는지 짧게 정리해 보고 시작하면 더 좋겠죠.

---

3 "꽃", "제비", "맹아리", "붉다" 같은 상징어들을 중심으로 시의 표현 기법을 분석하고, 이육사가 사용한 '선경후정' 구조와 '상징'이라는 표현 방식을 실제 시에 적용해 보세요.

그날을 향한
기다림과 희망

그날이 오면

심훈

그날이 오면 그날이 오면은

삼각산이 일어나 더덩실 춤이라도 추고

한강물이 뒤집혀 용솟음칠 그날이,

이 목숨이 끊어지기 전에 와 주기만 한다면

나는 밤하늘에 날으는 까마귀와 같이

종로의 인경을 머리로 들이받아 울리오리다.

두개골은 깨어져 산산조각이 나도

기뻐서 죽사오매 오히려 무슨 한이 남으오리까.

(줄임)

드는 칼로 이 몸의 가죽이라도 벗겨서

커다란 북을 만들어 들쳐메고는

여러분의 행렬에 앞장을 서오리다

• 심훈, 〈그날이 오면〉 중에서

간절하게
아침을 기다리다

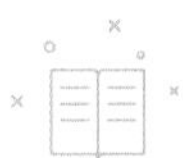

〈그날이 오면〉은 일제강점기 조국 해방을 간절히 염원하는 시예요. 단순히 바라는 미래가 오기만을 기다리는 내용이 아니에요. 그 미래를 위해 오늘을 뜨겁게 살아가겠다고 다짐하는 시예요. 화자는 조국 해방이라는 기쁨을 즐기기 위해 자신의 생명, 감정까지 모든 것을 다 쏟아부을 준비가 되어 있다고 선언하죠.

피 토하는 심정으로 화자는 그날이 오기를 바라고 있어요. '그날'이 오면 삼각산이 일어나 춤을 추고, 한강 물이 솟아오를 거라고 말해요. 자연도 함께 기뻐하는 그날, 화자는 까마귀처럼 종로의 인경을 머리로 들이받겠다고 하죠. 또 자신의 가죽을 벗겨 북을 만들고 해방의 행진에 앞장서겠다고 해요. 이처럼 시인은 자신을 희생해 민족의 기쁨에 기여하겠다고 다짐해요.

미래와 현재를 가정해 자신이 할 수 있는 모든 열망을 담아내고 있어요. 어떤 일이 있어도 포기하지 않겠다는 마음, 그날이 오면 정말 '미어질 듯한 기쁨'을 맞이하겠다는 다짐. 그 열정은 지금 우리가 어떤 꿈을 꾸든, 그 꿈을 향해 나아가는 게 어려울 때 어떤 마음가짐을 지녀야 할지 생각하게 해요.

이 시를 쓴 심훈은 3·1운동에 참여해 감옥에 다녀온 독립운동 가이기도 해요. 실제 시인의 마음에서 나오는 절실함이 시에서도 느껴지지 않나요? 광복이 반드시 올 거라는 강한 믿음이 독자에게도 그대로 전해지죠. 그래서 〈그날이 오면〉은 조국의 해방을 바라는 것을 넘어서 조국이 위기에 처했을 때 개인이 어떻게 행동해야 하는지를 보여 줍니다. 무엇보다 아무리 시대가 어두워도 꿈과 희망을 놓지 않는 자세가 얼마나 중요한지를 알려 주는 시예요. 그래서 지금 이 시를 읽는 우리에게도 현실에서 어떤 일이 있든 '내가 믿는 그날'을 향해 나아가야 한다는 용기를 줘요.

온몸으로 '그날'을 기다리다

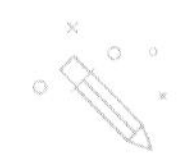

화자는 자신의 뜨거운 염원을 숨기지 않고 온몸으로 외칩니다. 조국의 해방을 위해서라면 자신의 생명을 바쳐도 아깝지 않다고 말하는 화자는 뜨거운 심장을 가진 인물이에요. 일제강점기라는 절망 속에서 그 현실을 뚫고 나아갈 미래를 외쳐요.

아직은 깊은 밤이지만 그날이 오면, 화자는 까마귀처럼 어둠 속을 홀로 날아 종로 인경을 머리로 치며 '광복'을 알리겠다고 하죠. 일제의 억압과 탄압으로 목소리를 쉽게 낼 수 없던 시절에 제 목숨을 바쳐 온 민족에게 광복을 알리겠다니, 화자는 자신의 신념을 반드시 지키는 사람으로 보여요. 죽기 전에 그날이 오길 바라는 화자는 자신의 소망이 벼랑 끝에서야 간신히 이뤄질 수 있을 만큼 어렵다는 걸 알아요.

그렇기에 화자는 가장 극단적인 방식으로 그날의 기쁨을 누려요. 종로의 인경을 머리로 들이받아 울리고, 자신의 몸으로 북을 만들어 행진에 앞장서겠다고 하죠. 조국을 되찾았다는 기쁨에 죽음도 불사하겠다고 하죠. 이런 화자의 MBTI는 ENFJ로 보여요. ENFJ 유형의 사람들은 미래에 대한 큰 비전을 품고 그 미래를 향해 나아가니까요.

목숨 바치는 ENFJ형 화자

MBTI 유형	유형별 특징	작품 속 표현
E 외향형	화자는 기쁨을 참지 않고 울며 뛰며 몸으로 표현함. 생각보다 행동이 우선하며 감정을 밖으로 표현함.	"종로의 인경을 머리로 들이받아 울리오리다" "육조 앞 넓은 길을 울며 뛰며 뒹굴어도"
N 직관형	지금 보이는 것보다 미래의 가능성과 희망을 믿고, 미래에 올 '그날'을 상상함.	"그날이 오면 그날이 오면은" "나는 밤하늘에 날으는 까마귀와 같이"
F 감정형	논리보다 마음이 먼저 움직이고, 그 기쁨으로 죽어도 좋다고 하는 등 감정적으로 격하게 표현함.	"두개골은 깨어져 산산조각이 나도 / 기뻐서 죽사오매" "그래도 넘치는 기쁨에 가슴이 미어질 듯 하거든"
J 판단형	계획하고 다짐하며, 책임 있게 행동함. 또한 그 계획과 의지가 분명함.	"여러분의 행렬에 앞장을 서오리다" "종로의 인경을 머리로 들이받아 울리오리다" "커다란 북을 만들어 들쳐메고는"

〈그날이 오면〉의 화자는 '나'라는 존재보다 '우리'라는 공동체를 먼저 떠올려요. 그리고 꿈꾸는 미래를 현실로 바꾸기 위해 스

스로를 던질 준비가 되어 있는 사람이에요. 의지는 투철하고, 말투는 단호하며, 비유와 상징으로 꽉 찬 표현 속엔 앞장서서 세상을 바꾸겠다는 간절함이 담겨 있어요. 이 모든 면에서 화자는 ENFJ, 즉 '정의로운 선도자형'에 가까워요.

그가 이렇게 우렁차게 외칠 수 있는 이유는 그 미래가 반드시 올 거라는 믿음, '내일의 기쁨' 때문이에요. 화자는 어떤 상황에서도 정의롭고 옳은 일을 선택하려 해요. 그 선택은 타인과의 공감과 도덕적 신념에서 비롯된 거죠. 그는 우리 민족의 리더이자 공감자이며, 실천하는 이상주의자예요. 그리고 그런 성격이었기에, 일제강점기라는 어두운 현실 속에서도 '그날'을 온몸으로 뜨겁게 알릴 수 있었던 거예요.

어휘

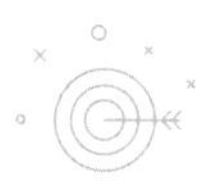

이 시는 나라를 되찾는 날을 기다리며 그날을 위해 목숨까지 바치겠다는 결심을 담았어요. 이 시의 어휘에는 시대의 감정과 화자의 결심 그리고 민족 전체의 꿈이 녹아들어 있어요. 각각의 시어는 시 전반의 정서와 흐름을 만든답니다.

밤하늘	일제강점기
까마귀	어둠을 뚫고 날아가는 의지의 상징
그날	조국 해방
삼각산·한강물·종로·육조	우리나라를 형상화함
죽사오매	조국 해방을 바라는 간절한 마음
인경	조선 시대에 치던 종으로 현재의 보신각 종을 말함. 조국 해방을 세상에 알리겠다는 상징

> 시를 정리할 때는 **화자의 입장**에서
> **무엇을 표현**하고 싶었는지, **어떻게 표현**
> 했는지, 그 표현 방식들이 화자의 감정에
> 공감할 수 있도록 하는지 정리해야 해요.
> <그날이 오면>처럼 강한 의지와 감정이
> 담긴 시에서는 **표현 방식과 정서 흐름**을
> 함께 읽는 게 중요해요.

시상의 전개 방식

이 시의 1, 2연은 서로 데칼코마니처럼 짝을 이뤄요. 각 연은 상황을 보여 주고, 기뻐한 다음, 화자가 행동하는 구조로 대응하죠. 1연은 '가정적 미래'인 "그날이 오면", 2연은 '가정적 현재'인 "그날이 와서"로 구성돼 있어요. '가정'이란 '-라면'으로 표현해 일어나지 않은 일을 상상하는 걸 말해요. 각각의 연은 그날이 왔다는 걸 가정하고, 그 기쁨을 표현한

뒤 화자의 행동으로 마무리되어요. 이렇게 상황을 제시한 다음 기쁨을
표현해요. 1연에서는 종로의 인경을 머리로 들이받고, 2연에서는 자신
의 피부로 북을 만들어 둘러메고 행렬에 앞장서며 조국 광복의 간절한
염원을 드러내요.

시제의 활용

또한 1연의 "그날이 오면"과 2연의 "그날이 와서"처럼 시제의 변화를
활용해 의미를 전달한 부분도 자주 나와요. 시제가 달라지는 이유나 그
효과를 묻고, 화자의 염원이 점점 더 구체적이고 행동으로 발전했음을
분석할 수 있어야 해요. 1연에서 종을 울리고, 2연에서 북을 만들어 앞
장서는 화자의 행동 변화와 결에 대한 것도 시험에 자주 출제돼요.

다양한 표현 방식

이 시에서 주목할 표현 방법에는 '과장법'과 '의인법'이 있어요. 이를 통
해 화자의 어조나 태도가 드러나죠. 서울의 대표적인 삼각산이 춤을 추
고, 한강이 출렁이는 표현은 자연물을 사람처럼 움직이게 만든 의인법
인 동시에 과장법이에요. 현실에서는 있을 수 없는 일이니까요. 이렇게
구체적인 표현을 활용하면 상황에 대한 현실감도 높아지죠. 과장법이

쓰인 곳이 또 있는데, 자신의 머리가 깨지고, 화자의 피부를 벗긴다는 표현 등 극단적인 과장으로 화자의 간절한 염원을 강조하죠. 그 외에 기쁜데 죽는다는 '역설법'도 쓰였어요. 또한 같은 시어를 반복하는 '반복법'도 쓰였죠. 이는 화자의 간절한 기다림과 염원을 강조하기 위해서예요. 두 연이 서로 비슷한 구조를 가지면서도 감정과 표현이 점점 고조되는 반복과 대조로 주제 의식을 강조해요.

시의 어조

이 시는 전체적으로 격정적이고 의지적인 어조예요. 감정이 들끓는 표현이 많고 자신의 의지를 강하게 드러내는 말들이 이어져요. "오오, 그 날이 와서" 같은 표현에서 보이듯, 감탄사나 강한 종결어미로 의지적으로 표현해요. 또한 존댓말인 경어체가 쓰였어요. 어미 '-오리다' 로 경건하고 엄숙한 분위기를 만들어 조국 광복을 염원하는 마음을 진실되고, 솔직하고, 호소력 있게 표현해요.

함께 읽으면 좋은 작품

· 이상화, 《빼앗긴 들에도 봄은 오는가》 속 〈빼앗긴 들에도 봄은 오는가〉, 창작시대, 2011
· 이육사, 《청포도》 속 〈광야〉, 칼로스, 2025

1 　같은 시대를 살았던 시인인 윤동주, 이육사, 한용운의 시와 비교해 각 화자가 '광복의 희망'을 어떤 방식으로 표현했는지 차이점을 찾아보세요. 이를 바탕으로 현실 참여시의 특징과 사회적 역할을 배울 수 있습니다. 또한 일제 강점기 저항문학을 비교하며 문학 속 저항 의식과 표현을 익히고, 현대사회의 문제와 연결해 보세요.

2 　'나만의 그날'을 생각해 보세요. 시 속 '그날'은 조국의 해방이지만 여러분이 바라는 '그날'은 조금 다를 수 있어요. 그러나 여기서 '그날'은 공공을 위한 '그날'이어야 합니다. 예를 들어 환경 파괴가 멈추는 그날, 남북이 통일되는 그날처럼 공동체에게 반드시 왔으면 하는 그날을 떠올려 보며 공동체의 가치를 고민해 보세요.

3 　'문학의 사회적 역할'을 주제로 글쓰기를 해 보세요. 문학이 세상과 어떻게 연결되는지를 고민하면서 글을 쓰는 일이 사람의 마음과 사회를 변화시킬 수 있다는 걸 배울 수 있습니다. 이는 문학의 사회적 기능에 주목해서 현대의 과학기술과도 연결시켜 말할 수 있습니다.

어제도 가고, 내일도 갈,
희망의 다짐

새로운 길

윤동주

내를 건너서 숲으로

고개를 넘어서 마을로

어제도 가고 오늘도 갈

나의 길 새로운 길

민들레가 피고 까치가 날고

아가씨가 지나고 바람이 일고

나의 길은 언제나 새로운 길

오늘도…… 내일도……

내를 건너서 숲으로

고개를 넘어서 마을로

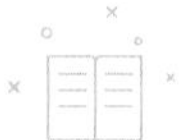

〈새로운 길〉을 읽으면 숲속 조용한 산책길을 걷는 것처럼 평화로워 보이죠? 그런데 그 평화로운 분위기와 다르게 그 길을 걷는 화자의 마음은 확고해요. 하지만 화자는 그 길을 함께 걷자고 거센 목소리로 선동하거나 거창한 말로 주장하지는 않아요. 그저 냇물을 건너고 고개를 넘어서 숲과 마을로 가겠다고 담담하게 고백하듯 말할 뿐이에요. "어제도" 가고 "오늘도" 갈 길이고, "내일도" 멈추지 않을 거라고요. 그냥 가면 되지, 왜 화자는 굳이 이렇게 다짐하듯 말할까요?

윤동주 시인은 일제강점기라는 우리나라 역사 속 가장 어두운 시대를 살았어요. 칼이나 총 대신 '시'를 통해 자신의 마음을 지키려 했던 '저항 시인'이죠. 그에게 '길'을 걷는다는 건 단순한 산책이 아니에요. 잃어버린 나라를 되찾고 진정한 평화가 있는 세상(숲, 마을)을 향해 나아가는 용기 있는 행동이에요. 눈앞에 시내(시련)가 흐르고 고개(고난)가 가로막아도 포기하지 않아요. 그 길은 자신의 이상을 향해 나아가는 길이기에 결코 쉬운 길이 아니에요. 매일 아침, 새롭게 마음을 먹고 걸어야만 하기에 그 길은 새로워요.

　이 시를 읽다 보면 자신의 꿈이나 이상을 향해 묵묵히 현재를 걸어가는 사람이 떠올라요. 또한 남들이 택하지 않은 힘든 길을 선택하면 힘들고 지친 날이 있겠지만, 마음먹기에 따라 세상은 매일 새로울 수 있다고 조언해 주는 거 같아요. 거창한 구호나 화려한 포장은 없지만 묵묵히 자신의 길을 가는 꾸준함이 멋지지 않나요? 우리도 윤동주 시인처럼 포기하지 않고 자신만의 길을 뚜벅뚜벅 걸어가면 좋겠어요.

시련과 고난에도 멈추지 않는 걸음

　시를 읽다 보면 외롭지만 씩씩하게 걸어가는 화자의 거친 숨소리가 들리는 듯해요. 발바닥이 아파도, "내"가 나와도, "고개"를 오르면서도 포기하지 않는 사람이 떠올라요. 이는 MBTI 중에서 INFJ 유형과 닮았어요.

INFJ는 '선의의 옹호자'로 조용하지만 샘솟는 영감으로 지칠 줄 모르고 이상을 실현하는 사람이에요. 화자가 가는 길은 누가 시켜서 가는 길이 아니에요. 스스로 옳다고 믿는 길이기에 걷는 거죠. 무엇보다 그가 가는 길은 포장된 도로가 아니에요. 그가 가는 길 끝에는 금은보화나 성공이 기다리고 있지도 않아요. 호젓한 산길에는 "민들레", "바람", "아가씨"가 있지만, "내", 그리고 "고개"도 있어요. 그렇게 험난한 길 끝, 마침내 화자가 도달한 곳에는 모든 동물이 함께 어울려 사는 '숲'과 정을 나누며 사는 '마을'이 있을 뿐이죠. 세상과 다른 기준, 사람들이 선택하지 않을 비포장 산길. 그게 화자가 선택한 길이에요.

화자는 지금은 비록 힘들고 고달픈 길일지라도, 내일은 반드시 평화가 올 거라는 믿음(직관)을 가지고 걸어요. 말만 하지 않고 행동하죠. 어제도 걸었고, 오늘도 걷고 있으니, 내일도 걸을 거라고요. 이렇게 꾸준히 걷다 보면 언젠가 자신이 꿈꾸는 세상에 도착할 거라고 화자는 믿어요. 그래서 화자는 오늘도 신발 끈을 고쳐 매고 자신만의 '새로운 길'을 나섭니다.

MBTI 유형	유형별 특징	작품 속 표현
I 내향형	자신의 내면을 성찰하고 외부에 흔들리지 않으며 혼자서 묵묵히 자신의 길을 가는 데 집중함.	"나의 길은 언제나 새로운 길"
N 직관형	화자가 걷는 '길'은 화자의 '인생', 우리의 '역사' 혹은 '삶의 과정'이라는 보이지 않는 의미를 담음. 숲과 마을이라는 미래의 이상 지향.	"숲으로" "마을로" "길"
F 감정형	세상의 작은 존재들과 교감하며 평화와 조화를 중요하게 생각함.	"민들레가 피고 까치가 날고 / 아가씨가 지나고 바람이 일고"
J 판단형	계획적이고 꾸준함. 어제, 오늘, 내일로 이어지는 지속적인 실천과 의지를 보임.	"어제도 가고 오늘도 갈" "오늘도…… 내일도……"

이처럼 〈새로운 길〉에 등장하는 화자는 INFJ 유형답게 부드럽지만 강인한 내면의 소유자예요. 겉으로는 평온해 보이지만, 마음속에는 이상적인 세계를 향한 꺼지지 않는 불꽃을 품고 매일

매일 자신을 새롭게 하며 나아가는 사람이에요.

어휘

〈새로운 길〉은 '길'을 표현하는 데에서 화자의 삶의 태도를 엿볼 수 있어요. 특히 시어에서 화자가 중요하게 여기는 삶의 태도와 가치를 알 수 있어요.

길	화자가 걸어가야 할 인생, 역사적 사명, 자아 성찰의 과정 등
새로운 길	날마다 마음을 새롭게 하고 걷는 길, 현실에 안주하지 않겠다는 의지
민들레 · 까치 · 아가씨 · 바람	살면서 만나는 소박하고 웃음 짓게 하는 다양한 존재이자 이웃
어제 · 오늘 · 내일	과거, 현재, 미래로 이어지는 연속성, 지속성

내·고개	인생을 살며 만나는 시련, 고난, 역경
숲·마을	시련을 극복하고 도달하고픈 평화로운 세상, 희망, 이상향

> "
> 이 시에는 **길, 내, 고개, 숲, 마을** 같은
> 상징적인 시어가 쓰였어요. 상징은
> 비유와 달리 표현하려는 **대상이 겉으로
> 드러나지 않아서** 시어나 시구의 의미를
> 다양하게 해석할 수 있어요. **일제강점기
> 암울한 현실** 속에서도 희망을 잃지 않으려
> 했던 **시인의 마음**을 조금 더 자세히
> 이해해 볼까요?
> "

△ ▽ △

시의 갈래

이 시는 형식이 자유로운 '자유시'이자 개인의 정서를 노래한 '서정시'예요. 개인의 감정을 노래하는 걸 서정시라고 해요. 자기만의 길을 가겠다는 확고한 의지를 담은 의지적인 시랍니다.

시의 어조와 화자

'어조'란 시에서 말하는 방식이나 말투를 말해요. 이 시의 어조는 의지적이고 단호하죠. "나의 길은 언제나 새로운 길"이라고 말하는 부분에서 그 어떤 유혹에도 흔들리지 않겠다는 '의지적 어조'를 느낄 수 있어요. 또한 이 때문에 화자의 태도 역시 미래지향적이고 의지적인 태도를 보인다고 할 수 있어요.

시의 구조

이 시는 '수미상관'과 '대칭' 구조로 되어 있어요. 1연과 마지막 5연이 반복돼 시의 형태를 안정감 있게 만들고, 화자의 변치 않는 의지를 강조하며, 운율을 만들어요. 또한 2연과 4연의 구절도 의미상 짝을 이뤄서 시 전체의 균형을 만들어요.

표현 방식

이 시에는 주로 '상징'이 쓰였어요. "내"와 "고개"는 시련을, "숲"과 "마을"은 희망을 상징하죠. 추상적인 개념을 구체적인 자연물로 표현해 독자가 쉽게 이해하고 느낄 수 있게 했어요. 또한 '시간의 흐름'에 주목해야 해요. '어제 → 오늘 → 내일'로 이어지는 시간의 흐름은 화자의 의지가 일시적인 것이 아니라 영원히 계속될 것임을 보여 줘요. 특히 4연의 "오늘도"와 "내일도" 뒤의 말줄임표 "……"는 화자의 걸음이 앞으로도 계속될 것이라는 여운과 의지를 담고 있는 매우 중요한 장치랍니다.

대비되는 시어

이 시는 대비되는 시어가 사용됐어요. "내", "고개"는 화자가 걸어가며 만날 수 있는 다양한 시련과 고난을 의미하고 "숲", "마을"은 화자가 지향하는 공간이자 걸어가야 할 평화로운 곳이에요. 이렇게 대비되는 시어로 화자는 자신의 의지를 표현하죠. 또한 자신이 가는 길이 자신이 원하는 미래(숲, 마을)로 가는 유일한 길이라는 걸 끊임없이 인식하고, 가고자 하는 의지를 표현했기에 이와 관련된 문제가 출제돼요. 대비되는 시어 외에도 "길"이 의미하는 바를 묻는 문제도 함께 출제돼요.

함께 읽으면 좋은 작품

·로버트 프로스트 외, 손혜숙 옮김, 《가지 않은 길》 속 〈가지 않은 길〉, 창비, 2014
·이육사, 《이육사 작품집》 속 〈광야〉, 종합출판범우, 2022

1 <새로운 길>의 화자가 만난 '내'와 '고개'처럼, 여러분이 꿈을 향해 가는 길을 막는 장애물은 무엇인가요? 그리고 그것을 넘어서면 도착하고 싶은 나만의 '숲'과 '마을'은 어떤 모습인가요? 친구들과 서로의 꿈과 시련에 대해 진솔하게 이야기해 보세요.

2 "어제와 똑같은 하루였는데, 어떻게 하면 '새로운 길'이 될 수 있을까?"라는 질문에 답하는 글을 써 보세요. 지루한 일상 속에서 내 마음가짐을 바꾸어서 하루를 새롭게 만들었던 경험이나, 앞으로 실천하고 싶은 작은 다짐(예를 들어 아침에 이불 정리하기, 긍정적인 말 쓰기 등)을 적어 보면 좋아요.

3 윤동주 시인의 삶을 다룬 영화나 책을 찾아보고, 시인이 살았던 시대적 상황과 연결하여 이 시를 다시 낭송해 보세요. 단순히 걷는 이야기가 아니라, 독립을 향한 간절한 염원이 담긴 시라는 것을 느끼며 비장미 있게 낭송 영상을 만들어 공유해 봅시다.

진심만 남고
껍데기는 가라

껍데기는 가라

신동엽

껍데기는 가라.

사월도 알맹이만 남고

껍데기는 가라.

껍데기는 가라.

동학년 곰나루의, 그 아우성만 살고

껍데기는 가라.

(줄임)

껍데기는 가라.

한라에서 백두까지

향그러운 흙 가슴만 남고

그, 모오든 쇠붙이는 가라

• 신동엽, 〈껍데기는 가라〉 중에서

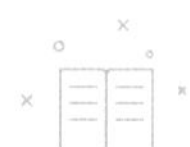

　신동엽 시인은 일제강점기와 한국전쟁, 그리고 독재 정권까지 겪으며 힘든 시기를 살아 냈어요. 마음대로 말도 못 하고 잘못된 일에도 침묵해야 했던 시대였죠. 그런 시대임에도 신동엽 시인은 세상이 잘못됐다는 주제를 시에 담았어요. 용기 있게 시를 통해 진실을 말하고 사람들에게 "진짜 중요한 게 뭔지 생각해 보자"고 이야기했어요.

　그 대표적인 시가 바로 〈껍데기는 가라〉예요. 이 시는 명령형으로 시작해요. "껍데기는 가라"라는 구절이 여섯 번이나 나와요. 힘만 믿고 억누르는 폭력, 약한 나라를 누르는 무력을 시인은 "껍데기"라고 부른 거예요.

　반대로 "알맹이"는 뭘까요? 이건 4·19혁명이나 동학농민운동처럼 평범한 사람들이 자신의 목숨을 걸고 세상을 바꾸려 했던 '정의'와 '자유'를 말해요. 평범한 시민이 모여서 잘못된 세상을 바꾸려고 행동했던 목숨을 건 용기가 바로 "알맹이"예요.

　이 시는 '시민'으로서 어떻게 살아야 하는지를 생각하게 해 줘요. 나 하나만 잘 살면 되는 게 아니라 잘못된 일에 분노하고 말할 줄 알고, 바른 세상을 만드는 데 함께하는 행동의 중요성을 알려 주는 시예요.

이 시를 읽으면 '사회에서 지켜야 할 가치는 무엇인가?', '시민으로서 정의로운 세상을 만들려면 어떻게 해야 할까?'라는 생각을 하게 돼요. 시인은 우리에게 명령하듯 말하지만, 사실은 가장 진심 어린 부탁을 하는 거예요.

껍데기를 거부한 마음, 알맹이를 향한 외침

〈껍데기는 가라〉 속 화자는 자신이 사는 사회가 거짓과 위선으로 가득하다고 말해요. 그래서 그 가짜들에게 아주 단호한 목소리로 명령해요. "껍데기는 가라!"고. "가라"는 명령은 시 전체에 반복되며 독자에게 행동하라고 요구해요. 그리고 지금 우리가 가야 할 길을 알려 주죠. 마치 지도자처럼요. 따라서 화자는 MBTI 성격 유형 중 ENFJ에 가까운 인물로 볼 수 있어요.

화자가 살고 있는 세상의 겉은 번지르르하지만 그 속엔 정의가 없어요. 사람들은 겉모습에만 신경 쓰고 힘과 권위, 성공만 좇아요. 진짜 중요한 알맹이를 잊은 이 상황을 화자는 답답해하며 외쳐요. "우리가 지켜야 할 건 껍데기가 아니라 알맹이야!"라고요.

그래서 이 시의 어조는 거칠어요. 불의한 권력과 거짓과 시민을 억누르는 억압, 외세의 간섭 등이 뒤섞여 있으니 화가 날 수밖에요. 그래서 어조는 단정적이며 강해요. 하지만 시를 읽을수록 화자가 얼마나 따뜻하고 정 많은 사람인지 알 수 있어요.

화자가 원한 건 싸움이 아니에요. 그 옛날 너른 마당에 일가친척 모아 놓고 결혼했던 것처럼, 이념이 달라도 남북이 하나되길 바랐어요. 남쪽 끝 제주도의 한라산에서 북쪽 끝 백두산까지, 모든 무기는 사라지고 한반도에 평화만 남길 기원했어요. 그게 우리 민족이 나아갈 희망이자 미래라고요.

이렇듯 화자가 원하는 건 폭력이 아니에요. 거짓과 폭력이 사라지고 정의롭고 진실하며 평화로운 세상을 원해요. 따라서 그의 강한 어조는 부조리하고 정의롭지 못한 세력에게 한정돼 있다는 걸 알 수 있어요.

MBTI 유형	유형별 특징	작품 속 표현
E 내향형	사람들과 생각을 나누고 그들에게 영향을 미치며, 세상을 더 나은 방향으로 이끌고 싶어 함.	"껍데기는 가라" "그, 모오든 쇠붙이는 가라"
N 직관형	감각적으로 관찰할 수 없는 개념적 상징. 이 상징으로 화자는 겉과 속, 허위와 진실, 현실과 이상, 분단과 통일 같은 추상적 개념을 대립해서 의미를 뚜렷하게 표현함. 현실의 구체적 사건을 시간과 공간을 상징적으로 표현하여 본질을 탐색함.	'껍데기', '알맹이', '사월', '동학년 곰나루', '아사달', '아사녀', '중립의 초례청', '향그러운 흙 가슴', '쇠붙이' '한라', '백두' 등
F 감정형	논리적으로 설득하기보다 도덕적인 기준과 실제 사건을 바탕으로 감정에 호소.	"그리하여, 다시 / 껍데기는 가라" "부끄럼 빛내며 / 맞절할지니"
J 판단형	본질로 돌아가야 한다는 방향성과 결단력을 지님. 상황을 관찰만 하지 않고 기준과 미래상을 제시함.	"사월도 알맹이만 남고" "동학년 곰나루의, 그 아우성만 살고" "향그러운 흙 가슴만 남고"

이처럼 화자는 세상을 바꾸는 건 모든 사람의 진심과 행동이라고 믿어요. 그 진심은 정의, 평화, 사랑 같은 가치가 실현되는

세상을 만들고 싶은 열망입니다. 그 어떤 이익이나 계산 없이, 폭력이나 무력 없이, 동학년에 '백성'이 주인이 되는 나라를 꿈꿨던 그 마음으로 '중립'의 초례청에서 남북이 평화를 이뤄 가자고 부르짖어요. 평화를 사랑하는 정의로운 사회운동가, ENFJ처럼요.

어휘
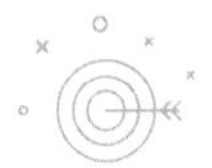

　〈껍데기는 가라〉에서 쓰인 시어는 많은 뜻과 상징을 담고 있어요. 시 속에는 사회와 역사 그리고 우리 마음속까지 꿰뚫어 보는 시인의 시선이 담겨 있어요.

반대되는 시어

추구하는 것	거부하는 것
알맹이	껍데기
아우성	껍데기
향그러운 흙 가슴	쇠붙이

껍데기	그럴듯해 보이는 위선, 폭력을 휘두르는 권력, 정의를 가장한 외세
알맹이	민주주의, 정의로운 세상, 평화로운 세상
4월	이승만 독재 정권을 끝낸 1960년 4·19 민주 혁명
동학년·곰나루	구한말 1894년 반봉건, 반외세를 외친 동학농민 운동
아사달·아사녀	신라 시대 불국사 석가탑을 만들던 석공의 이루어지지 못한 사랑 이야기
초례청	이념이나 권력에 휘둘리지 않고 서로를 인정하고 화합할 수 있는 공간
맞절	분단을 넘어 서로 존중하는 새로운 만남
두 가슴과 그곳까지 내논	이념, 허위, 가식, 거짓을 버린 우리 민족 본연의 순수
한라에서 백두	우리나라
쇠붙이	무기를 비롯한 폭력

> " 신동엽 시인은 김수영 시인과 함께
> 우리나라 참여시를 대표하는 시인입니다.
> 시대의 **아픔**과 **반민족적** 세력에 저항하고,
> 민중에게는 **희망**과 **긍정**을 노래한
> 작가니까요. 직설적이면서도 뜨거운
> 시의 **중요 내용**을 살펴보아요. "

표현 방식

이 시는 전체적으로 "껍데기"와 "알맹이"라는 시어를 대비해서 주제를 강조해요. 서로 반대되는 이미지를 대립시켜서 주제를 선명하게 보여 줘요. 이때 대조되는 두 대상이 각각 무엇을 상징하는지 제대로 이해하는 것이 중요해요. 즉 가야 할 것은 부정과 불의이고, 남아야 할 것은

순수와 순결이죠. 무기는 무력으로 억누르는 권력을 상징하고, 보드라운 흙은 따뜻한 민중의 마음과 평화를 뜻해요. 또 "껍데기는 가라"는 구절이 여섯 번이나 반복되는 '반복법'으로 주제를 강조하고 화자의 단호한 태도를 보여 주죠.

시의 구성

구성상 이 시는 크게 세 부분으로 나눠서 정리할 수 있어요. 1, 2연은 비슷한 구성으로 과거 역사에서 우리가 가져야 할 순수 정신을 강조하고, 3연에서는 우리 민족의 순수함을 강조하고 통일의 소망을 말해요. 그리고 마지막 4연에서는 부정한 권력을 거부하고 미래에 대한 희망을 이야기하죠.

시의 어조

이 시에서 단골로 출제되는 문제는 시의 어조예요. 우리 시 가운데 강하고 단호한 말투로 자신의 의지를 강력하게 주장하는 시는 많지 않아요. 명령하는 어조로 화자는 자신의 의지를 강하게 표현해서 시의 분위기를 저항적이고 의지적으로 만들어요. 국어의 '화법과 작문'과 융합해 이런 어조로 말하거나 쓰기에 적절한 주제를 찾는 문제가 출제돼요.

참여시

우선 장르의 특징부터 살펴볼게요. 이 작품은 참여시예요. '참여시'는 시인이 현실 문제에 대해 목소리를 내는 시를 말해요. 이 시는 표현 방식이 뚜렷하고 주제 의식도 강해요. 시 속에는 동학농민운동과, 4·19혁명 등 실제 역사적 사건을 인용하죠. 목숨을 바쳐 세상을 바꿨던 민중의 힘을 보여 주죠. 현실의 부조리를 고발하고 우리가 지켜야 할 진짜 가치가 무엇인지 알려 줍니다. 덧붙여 시 속에서 "한라에서 백두까지"라고 표현하며 통일된 우리나라를 담아냈어요.

함께 읽으면 좋은 작품

· 김수영, 《김수영 전집1》 속 〈눈〉, 민음사, 2018
· 이하나, 김형준 그림, 《정의로운 시민이 되고 싶어》, 초록비책공방, 2024

1. '우리 시대의 껍데기'라는 주제로 모방 시를 써 보세요. 화자의 말처럼 '-는 가라'는 형식을 그대로 활용해 요즘 우리가 마주한 '껍데기' 같은 것들을 스스로 탐색해 보는 거예요. 예를 들어 "SNS 과시욕은 가라", "외모 지상주의는 가라", "무기력한 공부는 가라" 같은 주제로 지금 내가 비판하고 싶은 문제들을 표현할 수 있어요.

2. 역사 교과와 관련해서 토론할 수 있어요. 시 속에 등장한 '동학농민운동', '4·19혁명' 같은 역사적 사건을 간단히 살펴본 뒤, 오늘날 우리가 외쳐야 할 '아우성'은 무엇일지 함께 이야기해 보세요. 이 주제는 다양한 사회문제와 연결될 수 있어요. 기후 위기, 학교 폭력, 혐오 표현 등 오늘날 우리가 관심 가져야 할 사회문제들을 자연스럽게 통찰할 수 있어요.

3. '껍데기'를 주제로 한 캠페인을 구상해 보세요. 무엇이 '알맹이'이고, 무엇이 '껍데기'인지 먼저 브레인스토밍을 해 보세요. 그런 다음 환경보호, 다양성 존중, 평화 실현과 같은 공공 문제에 대한 실천 역량도 기를 수 있어요.

절망 속에서도
꺼지지 않는 희망

봄

이성부

기다리지 않아도 오고

기다림마저 잃었을 때에도 너는 온다.

(줄임)

눈 부비며 너는 더디게 온다.

더디게 더디게 마침내 올 것이 온다.

너를 보면 눈부셔

일어나 맞이할 수가 없다.

입을 열어 외치지만 소리는 굳어

나는 아무것도 미리 알릴 수가 없다.

가까스로 두 팔을 벌려 껴안아 보는

너, 먼 데서 이기고 돌아온 사람아.

• 이성부, 〈봄〉 중에서

더디게, 그러나
분명하게 다가오는 봄

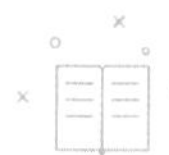

〈봄〉은 단순히 봄을 기다리는 시가 아니에요. 이 시는 1980년대, 민주주의를 향한 열망이 커져 가던 군부 독재 시기에 쓰였어요. 당시 많은 사람들은 자유롭고 평화로운 민주주의 사회에서 살고 싶어 했지만 현실은 그렇지 못했어요. 말 한마디 잘못했다가는 잡혀가던 시대였으니까요. 그래서 이 시에 나오는 '봄'은 그런 자유가 실현되는 세상, 즉 민주주의가 회복된 정의로운 세상을 상징해요.

하지만 봄은 쉽게 오지 않아요. 썩은 물웅덩이를 기웃거리고 한판 싸움을 하고 지쳐서 나자빠져 있죠. 바람이 다급한 사연을 전하자 그제야 눈을 부비며 천천히 와요. 이처럼 시인은 봄을 사람처럼 표현하면서 봄이 오기까지 그 과정이 얼마나 힘들고 지난한지를 보여 줘요. 봄은 "먼 데서 이기고 돌아온 사람"처럼 힘든 싸움 끝에 화자인 '나'에게도 올 희망을 상징해요.

마침내 봄이 왔지만, 화자는 너무 눈이 부셔 아무 말도 할 수 없어요. 간신히 두 팔을 벌려 봄을 그저 부둥켜안아요. 마음속 절망을 이겨 내고 맞이하는 감동적인 순간이 아닐 수 없어요. 이렇듯 봄은 희망이라곤 전혀 보이지 않고 처절하게 지쳐 있는 그때, 그 위급하고 간절한 바람을 들을 때에만 와요. 가만히 숨죽이고, 불의에 눈치 보며 비겁하게 살아가는 곳에는 오지 않아요.

그럼에도 〈봄〉은 희망에 관한 이야기예요. 들불처럼 민중들이 들고 일어나 처절하게 다치고, 죽고, 또 죽어 다급해졌을 때, 상황이 암담하고 먹먹해서 앞이 보이지 않아 절망할 때에야 비로소 그 소식을 들은 봄은 천천히, 하지만 분명하게 와요. 그러니 지금 싸우는 동지들이여, 포기하지 말라고 말해요.

지친 현실 속에서도
희망을 놓지 않는다

화자는 봄을 기다리는 사람이에요. 하지만 그 기다림은 흔한 '설렘'과는 조금 거리가 있어요. 시가 시작될 때부터 화자는 이미 기다리는 마음조차 잃어버린 상태죠. '봄'과 같은 세상을 만들기 위해 싸우고 또 싸우다 지쳐 있거든요. 그럼에도 화자는 봄이 올 걸 의심하지는 않아요. 다시 말해, 봄이 올 거라는 신념을 놓지 않는 사람이에요. 당장은 아니더라도 봄은 꼭 올 거라고 말하는 사람이죠. 그런 모습을 MBTI 성격 유형으로 풀어 본다면 ENFP 유형, 즉 외향형이면서 직관적이고 감정 중심이며 유연한 사고를 가진 사람에 가깝습니다.

화자는 단순히 희망만 품고 있는 사람이 아니에요. 현실이 얼마나 어렵고 고통스러운지 잘 알고 있으면서도, 민주주의가 올 때까지 그 자리를 지키며 버티는 사람이에요. 민주주의를 지키려면 온 목숨을 바쳐야 해요. 그렇게 쟁취하기 어려운 거죠. 화자는 민주주의가 오길 가만히 앉아서 기다리는 게 아니라 적극적으로 맞이할 준비를 하는 사람이에요.

시 속 화자는 단단합니다. 희망이 보이지 않아도 버틸 줄 아는 사람이에요. 화자는 혹시 지금 지쳐서 그 어떤 희망이 보이지 않더라도, 그 어둠의 터널이 길고 또 길어 포기하고 싶더라도, 포기하지 말라고 응원해요.

MBTI 유형	유형별 특징	작품 속 표현
E 내향형	모두가 함께 나누어야 할 가치를 위해 자신을 희생, 그리고 자신의 행동으로 세상이 변할 거라 믿음. 또한 감정과 행동을 밖으로 표현함.	"입을 열어 외치지만" "일어나 맞이할 수가 없다" "가까스로 두 팔을 벌려 껴안아 보는"
N 직관형	봄은 계절이 아니라 그가 원하는 희망과 변화를 뜻함. 또한 현실이 힘들어도 마침내 올 봄을 상상하며 기다림. 즉 현실만 보지 않고 그 너머를 바라봄.	"어디 뻘밭 구석이거나 / 썩은 물웅덩이 같은 데를 기웃거리다가" "기다림마저 잃었을 때에도 너는 온다"
F 감정형	자신의 감정을 섬세하게 표현함. 공감과 정서를 중요시함. 특히 봄이 왔을 때를 온몸으로 표현함.	"너를 보면 눈부셔" "입을 열어 외치지만 소리는 굳어"
P 인식형	봄은 계획대로 오는 게 아니라 간절한 사연을 듣고 느리게 다가온다는 것을 인식함. 이를 기다리고 받아들임.	"다급한 사연 듣고 달려간 바람이 / 흔들어 깨우면" "더디게 더디게 마침내 올 것이 온다"

ENFP 유형은 자유로운 영혼을 가진 이상주의자예요. 자신의 내면에 충실하고 타인과 감정을 나누며 언제나 변화될 가능성을

꿈꿔요. 이 시의 화자도 그러합니다. 길고 어두운 독재의 겨울이 끝나면 반드시 올 '자유와 민주'라는 봄을 화자는 포기하지 않고 간절하게 기다려요. '이렇게 싸우다 보면 언젠가는 민주주의가 올 거야. 내가 죽고, 또 다른 이가 죽어도 언젠가는 오겠지'라는 그 믿음 하나로 싸우는 화자의 깊은 신념과 시대를 향한 꿈을 가슴 저리게 느낄 수 있어요.

어휘

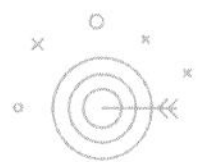

　〈봄〉은 겉으로 보기엔 조용하고 따뜻한 계절을 말하는 것 같지만, 사실은 어두운 시대를 살아가는 사람들의 희망을 담고 있어요. 이 시가 쓰인 1970년대는 군인이 나라를 다스리던 군부독재 시대였어요. 사람들은 자유롭게 자신의 생각을 말하거나 쓰는 것도 어려웠죠. 검열이 심한 시대였고 조금이라도 정부를 비판하면 감옥에 가거나 고문을 받고, 의문사를 당할 수도 있었어요. 그래서 시인들은 직접적인 표현을 피하고 자연이나 계절처럼 평화로워 보이는 대상을 빌려서 하고 싶은 말을 담곤 했어요. 따라서

이 시를 제대로 이해하기 위해서는 상징적인 시어의 의미를 살펴

봐야 해요. 그래야 주제를 더 잘 이해할 수 있어요.

뻘밭	바닷물이 드나드는 곳에 거무스름하고 미끈미끈한 개흙이 넓게 깔린 곳. 잘못 빠지면 뻘 속으로 빨려 들어가기 때문에 위험하기도 함. 이 시에서는 민주주의가 맞서 싸우는 부정한 세력을 상징.
썩은 물웅덩이	오랫동안 방치되어 더럽고, 고여 있고, 썩은 상태. 즉 부패하고 변화가 멈춘 사회
기웃거리다	무엇인가를 살피기 위해 고개나 몸을 이리저리 기울이며 두리번거리는 행동. 봄이 이 썩은 현실 속을 '기웃거리며' 다른 곳의 문제들을 살피고 있다는 의미이자 봄이 늦게 오는 이유
다급한 사연	'다급하다'는 시간이 촉박하거나 한시가 급하다는 뜻. 민주주의를 위해 싸우는 화자가 위험에 처해 도움이 필요하다는 간절한 바람이자 요청
눈 부비며	'눈을 비비다'는 졸리거나 잠에서 막 깨어날 때 눈을 문지르는 행동으로 민주주의는 천천히 늦게 온다는 의미

> "
> 이 시는 시인이 **살아간 시대**의
> **현실**과 그 속에서 꺾이지 않고 **희망**을
> **간직한 마음**을 말하고 있어요. 특히 이 시는
> 시대적 배경과 연결되거나 시적 대상이
> 어떤 상징을 담고 있는지를 묻는
> 문제가 자주 **출제**돼요.
> "

△ ▽ △

점층적 표현

이 시에서는 구절이 반복돼요. 이 구절들은 봄이 결국에는 반드시 올 것이라는 믿음, 그리고 그 기다림이 결코 헛되지 않다는 신념을 강조해요. 간절하게 기다려서 온 봄을 화자는 미리 알릴 수 없어요. 그저 가까스로 두 팔을 벌려 껴안아 보는 게 전부예요. 썩은 물웅덩이, 뻘밭 구석과 같은 현실에서 화자 역시 싸우고 지쳐, 죽어 가고 있었기 때문 아닐

까요? 바람이 다급한 사연을 보낼 만큼, 모두 죽고 위태로워야만 오는 그것. 이는 폭력적이고 억압적인 시대를 살던 사람들에게 깊은 위로와 용기를 줘요.

참여시

'참여시'는 시인이 현실의 부조리나 아픔을 직접 드러내지 않으면서도 그에 대한 목소리를 녹여 내는 시예요. 이 시에서는 구체적인 시대나 정치적 상황에 대한 언급은 없지만 시 속 화자가 기다리는 '봄'은 단순한 계절이 아니에요. 절망 끝에서 오는 희망, 회복, 민주주의와 같은 시대적 염원이에요. 대표적인 참여 시인인 김수영, 신동엽의 시처럼 시대의식을 담은 다른 작품과 비교하는 문제로도 출제될 수 있어요.

의인화

이 시에서는 봄을 단순한 계절이 아닌, 사람처럼 행동하고 감정을 가진 존재로 표현해요. 추상적인 개념인 '민주주의'와 '봄'을 싸우고 돌아온 사람으로 표현하죠. 이러한 '의인화'는 우리 삶 속의 회복과 희망, 혹은 민주화처럼 구체적인 가치를 강조하는 데 봄을 상징으로 사용했기 때문이에요.

상징

'봄'은 단지 계절이 아니라 암울한 현실을 이겨 낸 뒤에 찾아오는 희망이나 자유를 상징해요. 반대로 시의 전반에 자주 등장하는 "뻘밭", "썩은 물웅덩이" 같은 말들은 지금 겪고 있는 현실의 고통과 혼란스러움, 정체 상태를 드러내죠. 이런 '상징적 표현'은 시의 배경이 되는 시대 상황이나 역사적 맥락과 연결하여 묻는 문제로 나올 수 있어요.

함께 읽으면 좋은 작품

· 조한성, 《청소년을 위한 해시태그 한국 민주주의사》, 생각학교, 2024
· 한강, 《소년이 온다》, 창비, 2014

1 참여시로서 이 시가 어떤 역할을 하는지 분석하고, 시대 상황과 연결 지어 봄의 의미를 다시 생각해 보세요. 이를 바탕으로 '내가 기다리는 변화'나 '우리 반에 꼭 와야 하는 봄'을 주제로 글쓰기나 짧은 시 쓰기를 해 보세요.

2 이 시가 발표된 시대, 즉 1980년대 한국 사회의 모습과 연결해 활동해 볼 수 있어요. '당시 사람들이 바랐던 봄은 어떤 모습이었을지'를 조사해서 발표해 보세요. 이를 바탕으로 참여시의 특성을 이해하고 1980년대 민주화 운동을 탐구하면서 민주주의를 살아가는 시민의 의무와 자세를 배울 수 있어요.

3 '문학으로 변화의 메시지 전하기' 활동을 해 보세요. 시 속 화자처럼 나만의 봄을 깨우기 위한 작은 실천들을 정리해 보고 발표해 보는 거예요. 또는 내가 바라는 사회의 변화나 내 주변에서 꼭 바뀌었으면 하는 모습을 짧은 문장, 카드 뉴스 혹은 영상으로 만들어 보세요.

작품 출처

· 오은, 〈나는 오늘〉, 《마음의 일》, 창비교육, 2020

· 손택수, 〈나무의 꿈〉, 《나의 첫 소년》, 창비교육, 2017

· 윤동주, 〈자화상〉, 1939

· 백석, 〈선우사〉, 1937

· 문태준, 〈1942열차〉, 《내가 사모하는 일에 무슨 끝이 있나요》, 문학동네, 2018

· 김이듬, 〈사과 없어요〉, 《히스테리아》, 문학과지성사, 2014

· 김소월, 〈진달래꽃〉, 1925

· 이용악, 〈낡은 집〉, 1938

· 정지용, 〈유리창1〉, 《정지용 전집1》, 민음사, 2026

· 한용운, 〈나의 꿈〉, 1926

· 김영랑, 〈모란이 피기까지는〉, 1934

· 오규원, 〈3월〉, 《나무 속의 자동차》, 문학과지성사, 2008

· 정호승, 〈내가 사랑하는 사람〉, 《외로우니까 사람이다》, 창비, 2021

· 이육사, 〈꽃〉, 1945

· 심훈, 〈그날이 오면〉, 1949

· 윤동주, 〈새로운 길〉, 1938

· 신동엽, 〈껍데기는 가라〉, 1967

· 이성부, 〈봄〉, 1974

저작물의 보호 기간이 만료된 시의 경우, 청소년들의 이해를 돕기 위해 작가가 현대 어문 규정에 맞추어 고쳐 실었습니다.